HAYMON verlag

Tanja Paar

Die Unversehrten

Roman

Gedruckt mit freundlicher Unterstützung
durch die Kulturabteilung der Stadt Wien.

Auflage:
4   3   2   1
2021 2020 2019 2018

© 2018
HAYMON verlag
Innsbruck-Wien
www.haymonverlag.at

ISBN 978-3-7099-3416-6

Umschlag- und Buchgestaltung nach Entwürfen von
hœretzeder grafische gestaltung, Scheffau/Tirol
Umschlaggestaltung: Eisele Grafik · Design, München unter
Verwendung von Bildelementen von bigstock.com/malecula
(Diagonal Cut in paper with shade)
Satz: Da-TeX Gerd Blumenstein, Leipzig

Gedruckt auf umweltfreundlichem,
chlor- und säurefrei gebleichtem Papier.

Comes love, nothing can be done.
Billie Holiday

Für immer

Präludium

„Kann ich ein Glas Wasser, Vio", sagt sie und ich ergänze „haben". Aber nur im Stillen. Tausend Mal schon habe ich ihr gesagt, sie soll in ganzen Sätzen reden. Kann ich dieses, kann ich jenes, warum kann sie nicht ein einziges Mal einen Satz zu Ende bringen? Mit der verträumten Nachlässigkeit eines Teenagers schiebt sie sich an mir vorbei an den Wasserhahn. Während ich noch die Hände im warmen Abwaschwasser habe, stellt sie den Hahn auf kalt und stupst mich mit der Hüfte beiseite, um das Glas unter den Strahl zu halten.

Ich zucke zusammen, als sie mich berührt. Sie lehnt sich an mich, nimmt zögernd einen Schluck. Schaut mir ins Gesicht, lässt das Wasser laufen. Ich möchte meine noch nassen Daumen an ihre Kehle drücken, da, wo die Luftröhre hart unter der Haut liegt. Sie ist jetzt schon fast so groß wie ich und hat die brünetten Haare ihres Vaters. Ich richte den Blick krampfhaft auf ihren Scheitel und bewege die Hände im warmen Wasser.

„Was?", sagt sie. „Was ist?"

Mir bleibt die Luft weg, wenn sie mir so nahe ist. Ein Räuspern steigt mir in die Kehle. Ich möchte sie an den Haaren packen und ins Waschbecken tauchen, das Gesicht unter den Schaum zu den Weingläsern, die ich mechanisch weiterspüle. Sie zersprängen unter ihrem Schädel, den ich nicht aufhören würde hinunterzudrücken, bis sie nicht mehr atmet. Wie lange dauert das? Hätte sie die Kraft, sich aufzubäumen, auszuschlagen, mich zu kratzen, sich meinem Griff zu entwinden?

Wie lange braucht ein dreizehnjähriges Kind, um zu ertrinken? Bei einem achtmonatigen geht es ganz schnell, haben sie gesagt. Der Tauchreflex war schon vorbei, der Kälteschock. Er war bewusstlos, haben sie gesagt, sicher bewusstlos schon vor dem Atemstillstand, haben sie gesagt. Wie er treibt, unter der klaren, dünnen Eisdecke, die den Blick freigibt auf das Strampeln, grüne Schlieren von den Pflanzen am Grund, die sich träge neigen. Wie in Zeitlupe fährt die Kamera mit über dem Eis, bis er aufhört zu zappeln. Aber nein! So war es ja nicht. Kein Eis auf dem Wasser. Nur Erinnerungen an einen Horrorfilm füllen die Leerstelle. Kein Bild dafür.

Wir haben oft darüber gesprochen, wie es war, Martin und ich. Immer wieder hat er angesetzt zu erzählen, er, der sonst immer schweigt, hat angesetzt zu einer Erklärung. Einer Entschuldigung für das Unentschuldbare. Einmal, ganz unwillkürlich, hob ich die Hand zum Schlag, um sie dann erstaunt zu betrachten, so als wäre sie nicht meine, und wieder sinken zu lassen.

„Was ist mit dir?", wiederholt Christina und schnell drehe ich den Wasserhahn zu. Wie zart sie ist und wie blass. Ich wische die Hand an der Hose ab und streiche ihr über den Kopf.

„Nichts, ich bin nur müde. Hast du schon deine Hausaufgaben gemacht?"

Bologna

Eine Beziehung auf Armlänge. Sie entsprach ihrem Wesen. Ich freue mich, dass du da bist, dachte sie. Aber „da" mit ausgestrecktem Arm. Ich in Bologna, du in Berlin. Sie hatte sich ein Taxi geleistet, das sich jetzt durch die Via Aristotile Fioravanti in Richtung Bologna Centrale schob. Sie liebte diese Stadt, die sie bald verlassen würde. In einem halben Jahr war ihr Studium an der Johns Hopkins zu Ende. Dann hatte sie die Wahl. Sie müsste sich nur mit Martin auf ein Land einigen.

„Grazie, non ho problemi col bagaglio", sagte sie zum Taxilenker, der ihr die schmale Ledertasche aus dem Kofferraum heben wollte. Wie immer war sie spät dran. Sie war nicht der Typ, der Stunden vor Abfahrt auf Bahnhöfen herumlungerte. Sie verstand das zwanghaft Überpünktliche nicht. Zeitgerecht war doch pünktlich genug. Sie war gut organisiert und wusste genau, wie viele Minuten sie durch die große Halle zum Bahnsteig brauchte. Zwei Minuten vor Abfahrt saß sie auf ihrem reservierten Platz.

Sie dachte an die wenigen Male, die sie nicht aufeinander zu, sondern miteinander gereist waren. Mit dem Nachtzug nach Budapest. Dieses eine Mal hatte sie ihm das Organisieren der Tickets überlassen. Sie waren in Berlin Ostbahnhof in den Zug gestiegen, fanden ihre Liegeplätze belegt vor – und erfuhren vom Schaffner, dass ihre Fahrkarten für den Vortag gegolten hätten. In diesen Dingen war Martin nachlässig. Beim

Lernen für sein Studium der Augenheilkunde war er aber detailversessen. Mindeststudiendauer, jetzt noch die Dissertation und dann Tokio. Oder Santiago.

Wie das sein würde, ihr gemeinsames Leben, dachte sie, während sie die Wolldecke über dem Laken ihres Liegeplatzes faltete. Immerhin ein Vierer- und kein Sechserabteil. In Zukunft ein Job bei irgendeiner internationalen Organisation und nur mehr erste Klasse. Sie würden auch weiterhin viel reisen, allein schon beruflich. Sie zu Konferenzen, er zu Kongressen. Aber endlich ein gemeinsames Zuhause. Ein Ausgangspunkt für Da und Dort. Und das Dazwischen.

Manchmal glaubte sie, dass ihre Beziehung auf einem glücklichen Irrtum beruhte: Er sah in ihr eine Mitwisserin. Dabei war sie gar nicht in der DDR aufgewachsen. Ihr Vater hatte das Land 1960 mit gemischten Gefühlen verlassen. Er hatte eine ausgezeichnete Karriere in Jena vor sich, obwohl er ein Hitlerjunge gewesen war. 1944 als Kind eingezogen, er war also unschuldig, aber immer ein Rassist geblieben. Hans war schon in Boston geboren, sie zehn Jahre später, die Nachzüglerin. Als Teenager hatte sie beschäftigt, ob sie ein geplantes Kind gewesen war oder ein Unfall. Die sexuelle Freiheit der Sechzigerjahre war in Neuengland in seltsamen Schlüsselspielen geendet, ihre Mutter hatte einmal eine Andeutung gemacht.

Vielleicht war ihr Vater gar nicht ihr Vater, hatte sie sich damals vorgestellt. Und ein anderer der versammelten Freunde und Ehemänner hatte den Autoschlüssel ihrer Mutter aus der Zierschale gefischt und war mit ihr in dem weißen Ford Granada Coupé zum Verkehr geschritten. Und sie das Produkt eines Zufalls, eines Spiels, oder eines geplatzten Kondoms.

Die DDR hatte sie nie interessiert und als sie nach Europa kam, war diese schon Geschichte. Trotzdem meinte Martin in ihrem Gesicht ein Erkennen zu sehen, wenn er ihr von seiner Schulzeit erzählte. Er war ein dickes, stilles Kind gewesen, die FDJ-Wehrsportübungen eine Plage. Laufen mit schwerem Gepäck und uralten Gasmasken. Manchmal hielt sie es für Koketterie, so groß und schlank, wie er war. Die Diktatur hatte auch ihren Vater geprägt, das war aber schon die einzige Ähnlichkeit, die sie entdecken konnte. Das sah er anders.

Berlin

Dann eben den nächsten. Die S-Bahn hielt erst an *Warschauer Straße* und sein Zug ging in zehn Minuten. Zum Glück waren die Verbindungen nach München gut. Er würde trotzdem noch vor Vio ankommen. In aller Ruhe zum Hotel *Schwarzer Hirsch* fahren und einchecken. Sie bestand darauf, dass sie nicht mehr in der Jugendherberge wohnten wie in den ersten beiden Jahren ihrer Fernbeziehung. Wie er mit so wenig Geld hatte auskommen können, wollte er sich jetzt nicht mehr vorstellen. Und sie, die Professorentochter, hatte immer an Halbe-Halbe festgehalten: „Egal, wie viel wir verdienen, wir teilen uns das." Eine sehr amerikanische Vorstellung des Sozialismus, dachte er.

Er spürte den Blick der Frau, der er sich im Abteil achtlos gegenübergesetzt hatte. Erst als er von seinem Buch aufsah, bemerkte er, dass sie jung war. Grüne Augen und blau lackierte Fingernägel, ein Skriptum auf dem Schoß. Er blätterte zurück. Bringt ja jetzt nichts, dachte er. Nicht, ohne nochmals ihre schlanken Waden in der Dreiviertelhose wahrzunehmen. Für einen Moment sah er diese links und rechts auf seinen Hüftknochen aufliegen. Sex war für ihn nur eine Möglichkeit von vielen.

Immer wieder hatte er Vio erklärt, dass es wie Zähneputzen für ihn war, mit einer Frau zu schlafen. Eine angenehme Gewohnheit. Danach fühlte er sich besser, erfrischt. „Wir hatten ja nichts anderes", sagte er und sie lachte. Er war nicht sicher, ob sie ihn verstand. „Es gab kein Telefon, also schaute man einfach bei den Kumpels vorbei." Wenn die Kumpels Frauen waren, ging man schon einmal miteinander ins Bett, einfach so. Kein Kino, kein Shopping. „Gut", sagte Vio, „aber jetzt gibt es Telefon. Und du bist erwachsen. Und rufst mich schön in Bologna an, wenn du Sehnsucht nach mir hast. Und von Zähneputzen mit anderen will ich nichts wissen."

Dafür liebte er sie. Sie hielt die Sache damit für erledigt. Ihrer selbst so gewiss, dass andere Frauen um ihn unter ihrer Wahrnehmungsschwelle waren. Bewusst hielt sie den Blick streng auf die gemeinsame Zukunft gerichtet, der sie diszipliniert entgegenfieberte. Nicht bei der Arbeit in Bologna, das wäre der Konzentration abträglich gewesen, sondern nur mit ihm, an ihren gemeinsamen Wochenenden. Es verwunderte ihn, wie verspielt sie da sein konnte. „Was wäre, wenn wir nach Chile gehen, was wenn ..."

Er wollte erst einmal seine Dissertation fertig bekommen. Die gemeinsame Zukunft lag ihm seltsam fern, obwohl sie in den letzten vier Jahren so oft darüber gesprochen hatten. Es war für ihn gut so, wie es war. Die Treffen mit ihr intensiv, die wochenlangen Arbeitsphasen dazwischen ebenso, ab und zu eine andere Frau. Er vermied es, die Telefonnummern auszutauschen, war dazu übergegangen, gleich am Anfang zu sagen, er sei verheiratet, noch vor dem Sex. Wenn sie absprang, die Kellnerin in der Bar, die Krankenschwester oder die Bandagistin, dann ergab sich eben eine andere Gelegenheit. Und er nahm die nächste.

Die Bar

Klara war sich sicher gewesen, dass er kommt. Jetzt stand er da. Mit einer anderen. Am Ende der Bar, in der die Premierenfeier stattfand. Verflixt, dachte sie, warum habe ich mich so geziert? Er gefiel ihr, sehr sogar.

Sie hatte Astrid mitgebracht, obwohl sie beim Flirten keine Rückendeckung brauchte. Ungeniert starrte sie über die ganze Länge der Bar zum Kontrabassisten hinüber. Den Blickkontakt nahm allerdings ein anderer auf. Der Brünette in der Mitte fühlte sich angesprochen und lächelte zurück.

Nach zwei Bier, sie hatte die Position an der Bar gewechselt, um deutlicher an dem Brünetten vorbeischauen zu können, bemerkte sie, dass ihre Konkurrentin zur Handtasche griff. Jetzt fiel ihr sein Name wieder ein, Marian! Marian zahlte, ließ der Blonden den Vortritt und verließ das Lokal, ohne sie überhaupt zu bemerken.

Jetzt war sie froh, dass Astrid da war.

„Ich brauch einen Gin Tonic, und du?"

„Nein, morgen Prüfung. Ich geh jetzt."

Dass sie sie so stehen ließ, war eine kleine Rache unter Freundinnen. Hab ich verdient, dachte Klara, wenn das geklappt hätte mit Marian, hätte ich sie stehen lassen. Sie ging auf die Toilette und warf einen Kontrollblick in den Spiegel: Keine Enttäuschung zu sehen. Sie hatte sich gut im Griff. Jetzt austrinken, gehen, schlafen. Morgen neuer Tag.

Da stand noch immer der Brünette. Lächelte sie an. Sie musste an ihm vorbei am Weg zu ihrem Platz.

„Trinkst du noch was mit mir?" In der Sekunde, in der sie überlegte, bestellte er schon. Als die Biere vor ihnen standen, sagte er: „Starrst du immer so?" Sie lächelte an ihm vorbei und sagte nichts. Es gab keinen Grund, den Irrtum aufzuklären.

Sie unterhielten sich gut. Da berührte sie jemand an der Schulter. Marian. Begrüßte sie enthusiastisch, ignorierte den Brünetten. Sie, überrascht, spähte über seine Schulter nach der Blonden. Nirgends.

Sie sprach mit Marian über die Theaterpremiere, bei der er gespielt hatte, die nächste Produktion, das Konzert am Samstag, zu dem er sie einlud. Der Brünette stand noch immer da.

„Deine Freundin ist schon weg?", fragte Klara.

„Welche Freundin?", sagte Marian.

„Na, die Frau von vorhin."

„Ach, das ist eine alte Bekannte. Sie ist nicht aus Berlin. Ich hab sie schnell zur S-Bahn gebracht."

„Alte Bekannte?", mischte sich der Brünette in das Gespräch ein. Sie drehte sich zu ihm, schaute ihm direkt ins Gesicht und sagte: „Geh weg." Nicht laut, nicht leise. Gerade so, dass er es verstand.

Er nahm seine Tasche. „Ich heiße Martin. Gibst du mir deine Telefonnummer?"

„Sicher nicht", sagte sie.

„Dann geb ich dir meine", sagte er.

„Das brauchst du nicht", sagte sie und wandte sich zu Marian.

München

Spreewälder Gurken! Ein großes Glas hatte Martin mitgeschleppt und streckte es Vio jetzt freudestrahlend entgegen. Sie bestellen Weißwurst in ihrer Stammkneipe beim Viktualienmarkt. Der Kellner machte zwar ein Gesicht, als Violenta das Glas öffnete und eine von den Gurken kostete, sagte aber nichts.

„90. Ich bin auf Seite 90. Jetzt hab ich es bald geschafft. Und den Titel ändere ich noch um auf ‚Die Bedeutung der kortikalen Plastizität für Filling-in-Mechanismen des pathologisch vergrößerten Blinden Fleckes'", sagte er.

„Immer musst du über deine Arbeit reden! Keine Details! Hauptsache, du wirst plangemäß fertig und wir können im Sommersemester ins Ausland." Sie schälte die Weißwurst, indem sie sie mit dem Messer der Länge nach anritzte und ihr dann die Haut abzog. Martin aß seine mit der Haut.

„Wäre ja Verschwendung", sagte er.

„Du bist so ein Rüpel", sagte sie, lächelte aber dabei.

Nach dem Essen schlenderten sie über den Markt. Martin kaufte zwei Kilo Orangen. Er wusste, sie liebte frisch gepressten Orangensaft nach dem Sex. Und so hatten sie es spätestens beim Orangenkauf immer eilig, ins Hotel zu kommen. Praktisch Pawlow'scher Hund, nur vaginal. Er brauchte sie bloß anzusehen über die

Tüte mit den Orangen hinweg, die ihm der Verkäufer jetzt reichte, und sie wurde feucht.

Im Hotel *Schwarzer Hirsch* kannten sie sie schon: „Grüß Gott, Herr Schmidt", sagte die Rezeptionistin. Auch wenn Violenta die Rechnung bezahlte, jedes zweite Mal, stellte sie sie auf seinen Namen aus, auch wenn Violenta ihr beim ersten Einchecken ihren Pass unter die Nase gehalten hatte, in dem gut lesbar „Wolf" stand. Seit dem sechsten Mal bekamen sie immer das gleiche Zimmer: die Nummer fünf.

„Die Fünf ist ein Auftrag", sagte Martin und zog ihr das T-Shirt über den Kopf. Manchmal schafften sie sogar sechs Mal Sex in den drei Tagen. Sie lagen im Bett und er klopfte spielerisch mit seinen Fingern an ihr Kreuzbein, obwohl sie gerade miteinander geschlafen hatten. „Erst die Orangen", sagte sie.

„Glaubst du, das bleibt so, wenn wir uns jeden Tag sehen?", fragte sie ihn.

„Hmm", sagte er: „Im ersten Jahr schon. Aber dann?"

„Deswegen zierst du dich so, dich auf ein Land festzulegen! Du willst gar nicht mit mir leben."

„Unsinn! Ich hab viel investiert in die Dissertation und will eine richtig gute Stelle."

„Du hast ja nur Angst, dass dein Englisch nicht gut genug ist."

„Ich schreibe auf Englisch."

„Ja, aber reden kannst du nicht."

„Dafür hab ich ja dich", sagte er und küsste sie in den Nacken.

„Also Tokio?", fragte sie.

Die Orangen pressten sie dann mit der Orangen-presse, die Martin immer extra mitbrachte. Sie tranken den Saft in den Zahnputzbechern aus dem Badezimmer. Im *Schwarzen Hirsch* gab es gläserne. Sie liebten dieses Hotel.

Der Anruf

Das Telefon klingelte. Sie lief den Gang entlang aus der Küche ins Vorzimmer: „Hallo?"

„Hallo, ist da Klara?"

„Wer spricht da?", fragte sie.

„Martin."

„Ich kenne keinen Martin."

„Doch. Der aus der Bar."

„Welcher?"

„Na dem *Elefant*, letzten Freitag."

„Du bist das. Wie kommst du an meine Nummer?"

„Zuhören."

„Ich hab dir meine Nummer nicht gegeben."

„Aber du hast gesagt, dass du in den Niederlanden studiert hast. Molekularbiologie. Und wo du arbeitest. Da war es leicht. Na ja, nicht unmöglich."

„Was willst du?" Sie versuchte zu verbergen, dass sie verwirrt war. Das war ein Schreck, dass er sie aufgespürt hatte, andererseits fühlte sie sich geschmeichelt.

„Dich treffen."

„Heute hab ich schon was vor."

„Dann morgen."

Als sie zugesagt hatte, wusste sie nicht genau, warum. Sie behielt den Hörer noch einen Moment in der Hand, bevor sie auflegte.

Er war ein guter Gesprächspartner. Gleich bei ihrer ersten Verabredung dauerten die Pausen zwischen den Sätzen nur kurz. Und das Erstaunliche daran:

selbst diese Pausen waren ihr nicht unangenehm. Ihr gefiel seine Selbstsicherheit. Schon als er sie um ein zweites Treffen bat, fragte er nicht mehr ob, sondern nur wann. Beim dritten Treffen gingen sie auf eine Party und er stellte sie seinen Freunden vor. Wie selbstverständlich griff er nach ihrer Hand. Das nahm ihr die Entscheidung ab.

Sie traf auch den Kontrabassisten. Aber schon nach sechs Wochen fiel ihr auf, dass sie Martin lieber sah. Als er sie bald darauf fragte, ob sie mit ihm verreisen wolle, sagte sie einfach zu. Erst als sie die Flugbestätigung mit ihrer beider Namen in der Hand hielt, sagte sie zu ihm: „Interessant, so ist das jetzt also."

Vor der Abreise musste er für ein paar Tage nach München. Sie sahen sich inzwischen täglich, sonst wäre es ihr nicht aufgefallen. „Einmal im Monat", sagte er, „habe ich da einen Termin an der Uniklinik. Mein Zweitbetreuer sitzt dort." Er machte seine Dissertation in Augenheilkunde. Dass er jünger war als sie, störte sie nicht. Sie selbst hatte schon seit zwei Jahren einen fixen Job.

„Wir sind, als ich ein Kind war, immer dieselbe Strecke spazieren gegangen am Wochenende", erzählte sie Martin. „Das hat mich nicht gestört, im Gegenteil. Ich wusste schon: nach dem steilen Anstieg kommt rechts der Steinbruch, dann die moderne Villa und dann erst geht die asphaltierte Straße in den Waldweg über. Es war immer gleich und doch anders. Im Herbst der dicke Teppich aus Buchenblättern im Hohlweg. Wir konnten uns alles erzählen, ohne Angst, etwas zu versäumen. Und doch habe ich manchmal mitten im Gespräch etwas Neues entdeckt. Jemand hatte einen Besen im Bombentrichter vergessen, ein spielendes Kind vielleicht. Dass manche Familien jedes Wochenende woanders hingefahren sind, habe ich nicht verstanden."

In Martins Kindheit war nie etwas gleich geblieben, seit die Mutter den Vater verlassen hatte. Es folgten einige Ortswechsel, häufige Schulwechsel und dann das Internat. Klaras und seine Kindheit hätten nicht unterschiedlicher verlaufen können. Doch auch er liebte Buchenwälder und die Bewegung. „Was für ein Glück", sagte er zu Klara, „dass ich eine getroffen habe, die auch Wanderschuhe hat."

Zu Ostern gingen sie in die Heide. Sie liefen fünf Stunden über den sandigen, weich federnden Boden, dazwischen die ersten violetten Blüten im Heidekraut. Die hart gekochten Eier in der Metallbox hatte sie gefärbt und sie freuten sich diebisch, nicht mit ihren Familien zu feiern. Er in Jena und sie in Nürnberg. „Das ist doch nicht schlecht, einmal einen anderen Weg gehen", sagte Klara. Und Martin: „Das machen wir jetzt immer." Das überraschte sie. Eigentlich war er kein Typ für immer.

Er dachte oft darüber nach, warum er ausgerechnet sie angerufen hatte. Dass sie ihn im *Elefant* so strikt abgelehnt hatte, war eine Überraschung für ihn gewesen. Das wollte er nicht auf sich sitzen lassen. Ihre Nummer herauszufinden, war nicht schwer. Ihrem Gespräch mit dem anderen hatte er ihren Arbeitsplatz, das Labor, entnommen, ihren Vornamen wusste er auch, keine zweite Klara dort, also Glückstreffer.

Er war sich anfangs sicher, dass sie auch den Kontrabassisten weiterhin traf. Das spornte ihn an und entlastete ihn gleichzeitig. Zu seiner Verwunderung freute er sich aber immer mehr, sie zu sehen. Er erzählte Klara viel aus seiner Kindheit, die ihr sehr befremdlich vorkam. Sie hatte keine Ahnung von der DDR. Aber sie hörte seine Geschichten gern. Er ihre auch. Ohne groß nachzudenken, buchte er einen Städteflug nach Barcelona für ein Wochenende mit ihr. Erst als er die Tickets in der Hand hielt, musste er sich eingestehen, dass er den Rahmen seiner Vereinbarung mit Vio längst überschritten hatte.

Im Englischen Garten

„Tee oder Kaffee?", fragte Martin Violenta, kaum dass sie sich hingesetzt hatte im Biergarten am Chinesischen Turm.

„Wieso Tee?", sagte sie, „du weißt doch, dass ich nie Tee trinke. Nur, wenn ich krank bin. Ich trink ein Bier."

Sie beugte sich zu ihm und küsste ihn auf den Mund. „Was gibt's?", fragte sie.

„Wie war deine Fahrt", sagte Martin und zum Kellner: „Eine Halbe und einen Tee."

Der fragte: „Welchen Tee für die Dame?"

„Nein, nicht für mich", sagte Violenta, „für ihn. Bist du krank?"

„Nein", sagte er.

„Du wolltest mir doch etwas sagen."

Der Kellner brachte die Halbe, knallte sie vor Martin auf den Biertisch und schob Violenta den Tee hin.

„Umgekehrt, er will den Tee."

Martin zog die Tasse, in der ein Beutel Kamillentee das heiße Wasser langsam gelb färbte, zu sich. Er verbrannte sich die Finger, fluchte, begann umständlich, den einen Zuckerwürfel auf dem Teelöffel halbhoch im Wasser balancierend aufzulösen. Rührte in der Tasse, schwieg.

„Also was ist los?"

„Dieses Mädchen", sagte er, „ich habe sie in einem Lokal kennengelernt. Sie hat mich den ganzen Abend lang angestarrt und dann behauptet, sie habe jemand anders gemeint, einen Mann angesehen, der hinter mir stand."

„Ja und?", sagte Violenta.

„Ich bin überhaupt nur mit ihr ins Gespräch gekommen, weil sie so hergestarrt hat."

„Und weiter?"

Er schob einen Krümel von einem blauen Viereck auf ein weißes. „Es war ein Zufall, weißt du ...", sagte Martin. Krümel von Weiß zurück auf Blau.

„Jetzt rück raus!"

„Unsere Abmachung: dass wir über reine Bettgeschichten nicht reden. Sex hat nichts mit Liebe zu tun, darüber sind wir uns einig, ja?"

Jetzt starrte ihn Violenta an. „Du hast eine andere."

„Das ist nicht der Punkt", sagte Martin. „Sie ist schwanger."

Das Geständnis

„Nein, nein, nein, nein!" Martin war zurückgewichen, taumelte und fiel hintüber. Er lag jetzt auf dem Rücken und murmelte noch immer „nein, nein, nein".

„Ich bin schwanger", hatte Klara eben zu ihm gesagt.

Am Vortag hatte sie auf den Streifen auf dem Schwangerschaftstest gestarrt. Wie ein kleines rosa Tier hatte er sich durch das umwölkte Sichtfenster gefressen und war da, blieb da. Noch einmal las sie die Anweisungen auf dem Schnelltest: „Halten Sie den Teststreifen mit dem Sichtfeld nach oben unter den Morgenurin. Das Testfeld muss völlig mit Urin getränkt sein, damit das Ergebnis signifikant ist. Legen Sie den Test vorsichtig auf eine flache Unterlage und warten Sie drei Minuten. Erscheint ein Strich im Kontrollfeld und das Testfeld bleibt leer, sind Sie NICHT schwanger. Erscheint auch im Testfeld ein roter Strich, sind Sie aller Voraussicht nach SCHWANGER. Bitte wenden Sie sich an Ihren Gynäkologen."

Hektisch las sie die Gebrauchsanweisung noch ein weiteres Mal. Sie war aller Voraussicht nach schwanger. Sie rannte wieder in den Drogeriemarkt. Sie kaufte eine Zahnpastatube und eine X-large-Packung Klopapier dreilagig, damit nicht nur der Schwangerschaftstest auf dem Förderband lag. Sie interessierte sich für Mottenstreifen, bloß um den Mann hinter ihr vorbeizulassen. Dann war sie allein an der Kassa. Die Kassiererin blickte nicht einmal auf, als sie den

Schnelltest über das Lesefeld zog. Klara lief zurück in die Wohnung, vor Aufregung brachte sie die Folie nicht auf, zerriss sie mit den Zähnen. Auf der Toilette kam kein Tropfen.

Sie trank zwei große Gläser Wasser. Sie pinkelte auf den Teststreifen, legte ihn auf den Schreibtisch und starrte ihn an. Weiß, weiß, weiß, weiß. Die Uhr zeigte knapp zwei Minuten. Aber da bahnte sich das vertraute rosa Würmchen schon wieder seinen Weg. Das Ergebnis war das gleiche wie zuvor, sie war schwanger. Sie ließ sich sinken in die Lehne ihres Sessels und drehte sich hin und her, hin und her. Sie dachte lange nach über das Kind. Und dann darüber, wie sie es Martin sagen sollte.

„Ich bin schwanger." Und jetzt das: Es hatte ihn umgehauen.

„Hast du dir weh getan?", fragte sie Martin und setzte sich zu ihm auf den Boden. Er fasste sich in den Nacken und schüttelte den Kopf.

Erst am nächsten Tag sagte er, dass er das Kind nicht haben wolle. So eine Schwangerschaft sei eben schnell passiert und ebenso schnell behoben.

Sie hatten die Praxis schon verlassen, standen auf der Straße: „Später einmal gern", sagte er, „aber jetzt ist es noch zu früh. Es liegt nicht an dir, es ist der falsche Zeitpunkt." Er schaute geradeaus, als er das sagte, auf die S-Bahn, die eben in die Station einfuhr.

Aber da war sie schon sicher, dass sie es haben wollte. Als der Arzt die Worte ausgesprochen hatte: „Ja, Sie sind schwanger", als der winzige Punkt auf dem Bildschirm zu sehen war, war ihr Schock in eine wilde Entschlossenheit umgeschlagen.

Martin hörte nicht auf, von der Abtreibung zu reden: „Du wirst gar nichts spüren. Wenn du möchtest, begleite ich dich."

Klara drehte sich hin zu ihm und schaute ihm ins Gesicht: „Ich werde es bekommen. Auch ohne dich."

Er blieb am Bahnsteig stehen, als sie in die S-Bahn stieg.

Die Trennung

Wie man Glühwein zu Weißwurst trinken kann, war ihr ein Rätsel. Martin jedenfalls bestellte sich, den Glühwein in der Hand, am Weihnachtsmarkt eine Weißwurst.

„Iss sie heute einmal nicht mit der Haut", sagte sie, „die Münchner starren uns immer an, als würden wir etwas ganz Ekliges tun vor ihren Augen." Martin nickte. Das machte sie misstrauisch, dass er ihr nicht widersprach.

Sie hatten sich wieder auf halber Strecke getroffen. Sie hatte sich auf ihn gefreut, wie immer nach vier Wochen. In der ersten Woche nach ihrem Treffen war sie noch wund und spürte umso deutlicher seine Abwesenheit. Sie neigte zu Blasenentzündungen. Wenn die abklang, vergaß sie ihn für die nächsten zwei Wochen, um ihn in Woche vier wieder zu vermissen. Das kannte sie schon, dass sie bei der Arbeit auf einmal intensiv an ihn denken musste und im Seminar unwillig den Kopf schüttelte, um die Tagträume zu vertreiben. „Worüber ärgerst du dich?", fragte ihre Kollegin dann. „Nur über mich selber", sagte sie, „darüber, dass ich mich so nach meinem Freund sehne."

Ihr Vater war ihr in dieser Hinsicht – und nur in dieser Hinsicht – ein großes Vorbild gewesen. Er hatte als Wissenschaftler in vielen verschiedenen Städten gelehrt, war dementsprechend oft umgezogen und die ganze Familie mit ihm. Zuerst aus Jena in die USA, dann zurück nach Europa, dann wieder nach Amerika. Violenta konnte die Namen ihrer unterschiedlichen Schulen nicht auf Anhieb angeben, das war ihr egal. Sie hielt es wie ihr Vater: den Blick strikt nach vorne gerichtet, nur so kam man voran im Leben. Keine zu engen Freundschaften schließen, die man doch wieder zurücklassen musste. Also mit Allianzen auskommen, mit netten Bekannten, Golfpartnern.

Violentas engste Freundin in der Grundschule hatte Anna geheißen – und irgendeine Anna gab es immer. Auch in Boston, Zürich oder Bologna. Sie fühlte sich nicht als Amerikanerin, aber auch nicht als Deutsche. Sie war in-between und wollte es bleiben. Nichts langweilte sie mehr als eine Beziehung mit Routine. Sie hasste es wie ihr Vater, zweimal das Gleiche zu essen. Der hatte es erbost zurückgewiesen, als ihre Mutter, damals noch jung und von zwei kleinen Kindern im Haushalt angestrengt, von einem Gericht mehr kochte, um es am nächsten Tag wieder zu servieren. „Das ist vielleicht praktisch, Ingeborg", sagte er, „aber nicht zu akzeptieren. Der Geruch von gestern widert mich an. Ich esse nichts Aufgewärmtes, nicht einmal Gulasch."

Und jetzt sie und Martin schon wieder in München und schon wieder am Viktualienmarkt.

„Wir müssen uns langsam entscheiden", sagte sie, „wohin ich mich bewerbe. Meinen Master habe ich im Februar fertig."

„Japan wäre gut", sagte er, „aber die Flüge sind so teuer."

„Wenn ich eine Zusage bekomme, zahlen die mir sowieso die Übersiedlung. Mir reicht es, wenn wir einmal im Jahr herüberkommen zu deiner Mutter, an Weihnachten."

„Einmal im Jahr wird ein bisschen wenig sein", sagte Martin.

„Wieso hängst du auf einmal so an Deutschland? Du konntest es doch gar nicht erwarten, ins Ausland zu gehen."

„Ja", sagte Martin. „Aber."

„Was aber?"

„Ich werde öfter nach Europa kommen müssen", sagte er.

„Wieso?", sagte Violenta.

„Wegen des Kindes."

Violenta wandte sich ab. Er machte einen Schritt auf sie zu.

„Sie sieht mir ähnlich."

„Das ist nicht ungewöhnlich bei Eltern und Kindern."

„Wir hatten besprochen, dass ich ins Krankenhaus gehe."

„Ja, und dass du die Alimente regelmäßig an diese Frau überweist. Sie weiß, dass du mit mir zusammen bist, zusammenziehen wirst, ins Ausland gehen."

„Ja."

Er sagte es so kraftlos, dass sie wusste, dass er es schon selbst nicht mehr glaubte.

Sie drosch die Tasse auf die Theke der Bude. „Jetzt ist genau das passiert, was die wollte. Das Kind ist da und du wirst weich. Du verrätst alles, wofür wir vier Jahre lang gearbeitet haben, unsere Abmachung, unsere Zukunft."

„Ich sage ja bloß, dass ich meine Tochter sehen will."

„Und deswegen ist dir Japan jetzt zu weit weg? Wirfst du alle unsere Pläne über den Haufen?"

„Wir hatten uns noch nicht definitiv entschieden."

„Weißt du was? Wenn du es nicht auf die Reihe bringst, dann entscheide ich mich jetzt. Du kannst in Berlin hocken bleiben und Kleinfamilie spielen und ich gehe ins Ausland."

„Vio, bitte."

Sie ließ ihn stehen.

Silvester

Wie betäubt drängte sie sich durch die Menschen- menge am Weihnachtsmarkt, wurde angerempelt. Sie erinnerte sich an ihre erste Begegnung.

„Unerträglich dieser Hype um Berlin, dann lieber in Jena", hatte sie zu ihrem alten Verehrer Thilo ge- sagt. „Das wird eine große Fete", hatte der verspro- chen, „mit dreißig, vierzig Leuten."

„Du und deine Nerds von der theoretischen Phy- sik", sagte sie und: „Ist schon gut. Ich bin dabei."

Allein schon deshalb wäre das nie etwas geworden mit ihr und Thilo, seine Abgewandtheit weltlichen Dingen gegenüber. Wie er meist mit einem offenen Schuhband herumlief und wie ein Kleinkind nicht in der Lage war, sich eine Schleife zu binden, die länger hielt als fünf Minuten.

Kaum hat er sich aus seinen 1.96 Metern Höhe hinunterbemüht zu den Niederungen der Erde, das eine Knie angewinkelt, die Zungenspitze konzentriert zwischen die vollen Lippen geschoben, so als knotete er die Bänder zum ersten Mal, lösten sie sich auch schon wieder.

Das war ihr Thilo. Dafür mathematisch hochbe- gabt, ein begnadeter Schachspieler und Himmels- beobachter, der seiner Angebeteten die Namen aller Sternbilder ins Ohr hätte flüstern können, wäre er denn romantisch genug veranlagt gewesen.

Also eine Silvesterparty bei Thilo, das bedeutete: Zuerst in seiner Studentenbude vorglühen und dann hinauflaufen zum Bismarckturm am Tatzend und über die Stadt schauen. Der JenTower und die anderen drei Stummel-Hochhäuser ließen das Städtchen noch stärker aussehen wie die Kulisse einer Spielzeugeisenbahn, in die ein Fünfjähriger trotzig ein paar Legoklötze gepatscht hat. Schnee lag keiner, der hätte den Effekt der Putzigkeit noch verstärkt. Aber das milde Klima machte auch diesem Winter einen Strich durch die Rechnung, von der Saale herauf wehte ein warmer Wind, es hatte Plusgrade.

Sie waren zu acht hier heraufgelatscht, von den versprochenen dreißig, vierzig Leuten war nichts zu sehen. „Die treffen wir dann unten bei der Mensa", versicherte Thilo.

Ihre Erwartungen waren schon auf Modelleisenbahngröße geschrumpft. Das wird ein Miniatursilvester in einer Spielzeugstadt, dachte sie, das ich schon jetzt beginne zu vergessen und nach spätestens drei weiteren Bieren vergessen haben werde.

Da bog ein neunter Stadtbetrachter um die oberste Kehre des Waldweges. Gerade noch rechtzeitig vor Mitternacht. Er schnaufte vergnügt und klirrte beim Gehen mit den Flaschen Radeberger, die er nun aus der Tüte holte und unaufgefordert an die Umstehenden verteilte. An einen Öffner hatte er nicht gedacht.

Aber was Bier angeht, war Thilo wiederum sehr praktisch veranlagt und schnipste die Kronkorken direkt mit seinem Feuerzeug von den Flaschenhälsen in den Wald. Die Jungs zählten schon. Niemand hatte eine Flasche Sekt mitgebracht. „Acht, sieben, sechs, fünf, vier, drei, zwei, eins, hurra!", schrien sie, „Happy 1996!", alle fielen sich abwechselnd in die Arme, Thilo drosch ihr auf den Rücken, hielt sie unbeholfen fest. Auch der späte Gast prostete ihr zu, kling machten die Flaschen vor ihren Gesichtern, er drückte sie an sich.

Sie waren erst den Waldweg hinuntergelaufen, als alle Biere ausgetrunken waren. Die Raketen über der Stadt schon verglüht: Nicht so mondän wie in Hamburg, nicht so prunkvoll wie in Konstanz, aber doch hübsch eigentlich. Jetzt ganz schön viele Wurzeln quer über dem stockdunklen Pfad, also völlig klar, dass sie sich unterhakten. Links Thilo, rechts der Bierbringer. Als der Weg schmäler wurde, löste Thilo wie selbstverständlich seinen Arm aus ihrem und stolperte hinter ihr weiter, überließ seinem Freund das Terrain.

In der Mensa wurde schon getanzt, als sie eintrafen. Zu irgendeinem Achtzigerjahre-Zeug, Greatest Hits und ja, eine Diskokugel gab es auch. Also flogen silbrig-weiße Flecken durch den Raum und über die an den Rand geschobenen Resopaltische. Thilo kannte wirklich alle dreißig, vierzig Menschen hier, aber sie interessierte sich nur für einen: „Martin", sagte er, „Martin heiße ich", und auf ihre Frage, was er denn so mache im Leben: „Stahlschweißer auf einer Bohrinsel." Da hatte sie gelacht und sich noch ein Bier mit ihm geteilt. Beim Tanzen knutschten sie dann schon.

Diese Leichtigkeit, sie war dahin. Violenta erinnerte sich nicht genau, wann das Silvestergeplänkel in eine echte Beziehung übergegangen war. Erst war ihr die große Entfernung der Städte, in denen sie lebten, als Hindernis erschienen. Bald aber schon als Vorteil. Sie konnte sich ganz auf ihr Studium konzentrieren, musste keinen faden Alltag leben, nicht darüber streiten, ob die Messer im Geschirrspüler mit der Schneide nach oben oder nach unten eingeordnet würden – oder ob Messer vielleicht gar nicht in den Geschirrspüler gesteckt werden dürften. „Vio, die werden stumpf vom heißen Wasser." Sie hörte förmlich die Stimme ihres Vaters. Vielleicht war Martin ihm doch ähnlicher, als sie gedacht hatte. Aber das war ja inzwischen egal. Sie würde ihn verlassen.

Das Begräbnis

Während Smetanas Moldau hochbrandete, fuhr der Sarg auf einer Schiene lautlos nach hinten, das Tor schloss sich, und ihr Vater war weg. Sie sah eine Frau weinen, aber sie hörte sie nicht, obwohl sie nur drei Sitze weiter in der Reihe neben ihr saß. Klara weinte nicht.

Erst als sie sich am Ausgang der Feuerhalle aufstellten, um die Trauergäste zu verabschieden, Klara und enge Freunde der Familie, erreichte sie das Aufschluchzen ihrer Taufpatin so intensiv, dass auch ihr die Tränen kamen. Es sprang auf sie über, als diese ihr die Hand zum Kondolieren gab.

Sie hatte kein Taschentuch und sah die restlichen Trauergäste nur verschwommen an sich vorüberziehen: „Mein Beileid", „Mein herzliches Beileid", „Mein Beileid". Jetzt, wo die Schleusen geöffnet waren, heulte sie den Schmerz ihrer Taufpatin aus sich heraus. Sie weinte derart intensiv, dass ihr eine Kontaktlinse aus dem Auge geschwemmt wurde. Sie spürte sie an ihrer Wange kleben und versuchte sie zwischen Daumen und Zeigefinger zu sichern, ohne sie zu zerdrücken.

„Mein Beileid", sagte jemand. Sie hatte die Linse in der rechten Hand und konnte die ihr entgegengestreckte nicht ergreifen, ohne die Kontaktlinse zu verlieren. Sie nickte nur dankbar, schluchzte auf und drehte sich schnell zu Martin, der schräg hinter ihr stand. „Hast du ein Taschentuch?", fragte sie.

Er schüttelte den Kopf.

„Nimm die Kontaktlinse!", flüsterte sie. Sie legte sie vorsichtig in seine Hand, er starrte darauf.

„Mein Beileid", sagte der nächste Trauergast.

Sie musste sich wieder zu den Kondolierenden wenden.

„Wohin soll ich sie tun?", zischelte er ihr ins Ohr. „Ins Sakko?"

„Bloß nicht! Dann ist sie kaputt!", flüsterte sie über ihre Schulter zurück.

Während der Trauergast ihre Hand viel zu lang gedrückt hielt und Unverständliches auf sie einredete, was wohl tröstend sein sollte, dachte sie nach. Kaum war er weitergegangen, drehte sie sich zu Martin um: „Schnell, nimm sie in den Mund, dann bleibt sie feucht."

Sie sah nicht, ob er tat, was sie ihm gesagt hatte, denn jetzt redete der Nächste schon auf sie ein. Wer war das? Ein ehemaliger Arbeitskollege ihres Vaters? Sie schwitzte unangenehm in der Handfläche. Sie an der Hose abzuwischen, ging nicht, es sahen sie ja alle. Nur sie sah kaum etwas mit nur einer Kontaktlinse und minus sieben Dioptrien. Martin hatte die Kontaktlinse im Mund, jedenfalls sagte er nichts mehr, sondern stand nur angenehm nahe hinter ihr.

Das Kondolieren erschien ihr ewig – so viele Trauergäste waren ja nicht gekommen! Vielleicht zwei Dutzend? Endlich schüttelte sie die letzte Hand und sie gingen weg von der Einäscherungshalle durch den Friedhof. Sie verlangsamte ihren Schritt und blieb mit Martin hinter den anderen zurück. „Jetzt kannst du mir die Kontaktlinse geben. Mein Gott, ich seh ja nichts auf dem einen Auge!"

Er hatte die Lippen fest aufeinandergepresst, öffnete sie vorsichtig und streckte zögernd die Zunge heraus.

„Wo ist sie?", fragte Klara.

Er machte „Hmm" und streckte die Zunge weiter heraus.

„Da ist nichts." Sie inspizierte seine Zunge. Nichts. Sie tastete mit ihrem Zeigefinger vorsichtig die Innenseiten seiner Backen ab. Nichts.

„Verflixt, du hast sie verschluckt!"
Sie lachten.

Den Leichenschmaus absolvierte sie auf nur einem Auge sehend. Und das mit einem Mann an ihrer Seite, der über blinde Flecken promovierte. Zu schade, dass ihr Vater ihn nicht kennengelernt hatte. Jetzt hatte sie keine Familie mehr. Nur Martin – und das Kind in ihrem Bauch.

Die Taufe

Das Kind hatte ein Söckchen verloren. Sie standen zum Altar gewandt mit dem Rücken zur Festgesellschaft: Klara hatte Christina auf dem Arm, sie war ganz friedlich und interessiert. Auch als sie in den Arm der Taufpatin gereicht wurde, fing sie nicht an zu schreien.

„Ich widersage dem Teufel", sagte Martin.

Klara trug ein lindfarbenes Kleid. Ihre Stimme hallte in dem Gewölbe der Kirche nach, als auch sie sagte: „Ich widersage dem Teufel."

Der Priester sprach: „Ich taufe dich im Namen des Vaters und des Sohnes und des Heiligen Geistes Christina", und beträufelte die Stirn des Kindes mit Weihwasser. Es wirkte überrascht, aber es waren nur ein paar Tropfen und das Baby blieb ganz ruhig.

Als sie hinaustraten vor das Portal, war Klara geblendet von der grellen Frühsommersonne. Es war windig auf dem Hügel, auf dem die kleine Wallfahrtskirche stand. In diesem Land wird so eine Erhebung schon Berg genannt, dachte sie. Als die Religion hier verboten war, wuchs ihre Bedeutung zum Symbol für den Widerstand gegen die Machthaber. Am Ende des Regimes, so hatte Martin ihr erzählt, läutete der letzte verbliebene Mönch die Glocken zu seiner Freude und der des Volkes: Was für ein Triumph über den realen Sozialismus, der ihn in drei Jahrzehnten nicht aus dieser Kirche hatte vertreiben können. Auch jetzt läuteten sie zur Feier des Tages. Christina schlief bald in ihrem Wagen ein. Die Festgesellschaft gratulierte den Eltern.

Die Mittagstafel war im Gemeindesaal angerichtet. Brot und Salz, Aufstriche und selbstgebackener Streuselkuchen. Martins Mutter deckte die Resopaltische mit weißen Tischtüchern. Manche der Gäste redeten verschiedene Sprachen. Auch die, die die gleiche hatten, verstanden einander oft nicht. Junge und Alte, Stadt und Land, Westen und Osten, sie sagten „Heimat", „Pflicht" oder „Erinnerung" und meinten ganz verschiedene Dinge. Die Stimmung war nicht ausgelassen. Martins Vater überspielte dies mit Anekdoten aus seiner Jugend. Martin schaute verlegen. Ihm war der aufgedrehte Vater peinlich.

Als alle den stickigen Saal zu einem Spaziergang verließen, bildeten sich kleine Grüppchen, die in unterschiedlichem Tempo dem Weg durch die Rapsfelder folgten. Die Blüten standen hüfthoch, waren schon überreif und rochen vergoren. Es hatte geregnet und die Räder des Kinderwagens blieben im Matsch stecken. Helga half Klara den Wagen schieben. Martin war schon vorneweg mit der schnellsten Gruppe. Auf den Fotos sehen sie alle glücklich aus, bunte Tupfen vor gelbem Grund.

Klara hatte das Kind gestillt und es war friedlich, als sie die Sachen packte. Martin war ihr dabei keine Hilfe. Er fragte: „Wo ist ihr Schnuller? Wo ist ihre Windel? Wo ist ihre Matschhose?" Ungeduldig nahm sie ihm die Reisetasche aus der Hand.

Die ersten Gäste brachen auf. Der Lehm an den Schuhen der Spaziergänger war verklumpt. Er verstopfte den Abfluss im Waschbecken des Gemeindesaals, als jemand auf die Idee kam, seine Schuhe dort zu waschen. Mareike, eigens aus den Niederlanden angereist, betonte, wie sehr sie sich auf asphaltierte Straßen freue. Martin lachte.

Er verstaute den Kinderwagen im Auto seiner Eltern. Taschen, Geschenke und den Proviantkorb räumte er in den Kofferraum. Seine matschigen Schuhe in der Hand hielt er inne. „Ich fahre nicht mit."

Klara ließ die Wickeltasche sinken: „Wie? Du fährst nicht mit?"

„Ich komme nach. Ich bleibe noch ein paar Tage im Kloster. Ich muss alleine sein."

„Wie allein? Warum sagst du mir das erst jetzt? Wie stellst du dir das vor?"

„Die Eltern helfen dir die nächsten Tage. Ich möchte noch ein bisschen zur Ruhe kommen."

„Ruhe? Während ich die ganze Nacht wachliege, weil die Kleine einen Zahn bekommt und quengelt, möchtest du ein bisschen Ruhe?"

Auch als Klara vor Wut zu weinen begann, änderte das nichts an seinem Entschluss.

Stumm sah er ihr zu, wie sie sich hinten neben Christina ins Auto setzte. Seine Eltern taten vergnügt, als ob nichts wäre. Sein Plan sei schon länger festgestanden, hatte er ihnen erklärt, er brauche Erholung. Klara und das Kind seien doch gut aufgehoben bei ihnen und hätten Hilfe. Bald, bald komme er nach, zwei

Tage nur, höchstens drei, den Kopf freibekommen, spazieren gehen, schlafen.

Als das Auto losfuhr, stand die Abendsonne schon schräg hinter der Kirche.

Am Fuß des Berges holte er sie ein. Sein Vater verriss fast den Wagen, als Martin atemlos aus dem Unterholz brach. Er hielt an, kurbelte die Scheibe herunter. Martin sah gehetzt aus, erhitzt und zerkratzt von Zweigen. Er musste gelaufen sein, nicht die Serpentinen entlang, sondern quer durch den Wald, sonst hätte er sie nicht einholen können. Klara öffnete die Autotür hinten neben dem Kind, wortlos. Er stieg ein.

Glück

Beim Vorlesen war es gewesen, als sie das Gefühl hatte: Das ist es jetzt. Das ist der richtige Mann. Sie lagen in seinem Bett in seiner Studentenbude – viele Einrichtungsgegenstände gab es nicht. Ein Bett in der Ecke, einen Schreibtisch und einen Stuhl, die beim Fenster standen. „An einem ungewöhnlich heißen Frühlingstag erschienen bei Sonnenuntergang auf dem Moskauer Patriarchenteichboulevard zwei Männer." Sie liebte seine Stimme. Er war als Kind im Chor gewesen und hatte sich auch nach dem Stimmbruch den einwandfreien Stimmsitz erhalten. Er lehnte halb aufrecht an der Wand, sie lag quer, mit dem Kopf auf ihn gestützt. So hörte sie seine Worte doppelt, einmal aus seinem Mund und gleichzeitig als Schwingen seiner Brust. Das war, so erinnerte sie sich, ein Moment reinen Glücks.

Erst später fand sie heraus, dass Bulgakow seine Masche war, dass er allen seinen Frauen daraus vorlas. „Margarita befolgte den Rat. Der Ziegenbeinige brachte ihr ein Glas Champagner, sie leerte es, und gleich wurde ihr warm ums Herz." Der Zauber war dahin, als aus seiner alten Taschenbuchausgabe einmal eine Eintrittskarte für eine Inszenierung des Romans gefallen war. Auf ihre Nachfrage hatte er gesagt: „Ich war mit einer alten Bekannten dort. Uns verbindet eine Geschichte mit dem Buch." Dass er auch ihr daraus vorgelesen hatte, war ihm anscheinend nicht mehr präsent.

Auch Egon Günthers „Pirat" und Jules Vernes „Reise zum Mittelpunkt der Erde" waren ihr so mit einem Schlag vermiest. Aber seit Christina zahnte, hatte sich das Vorlesen sowieso aufgehört. Sie waren einfach zu müde. Spätestens nach einer halben Seite war sie eingeschlafen.

Alltag

Damals hatte sie ihm nicht geglaubt. Als ihre Liebe ganz frisch war, in jenem ersten Sommer, waren sie in das Schwimmbad gefahren, das über der Stadt zwischen Föhren thronte. Das Becken: eine Enttäuschung. Zu klein, stark gechlort, überfüllt. Aber die Aussicht! Ins Waldbad fuhr man wegen der Aussicht. Von der Liegewiese aus den Blick über die Stadt gleiten lassen. Häuser, die sich in der Ferne mit einem Blinzeln im Dunst verlieren. Auf den Holzpritschen dösen. Nichts Schöneres hätte Klara sich in diesem Augenblick vorstellen können, als hier, im Halbschatten, neben ihm zu liegen.

„Irgendwann wirst du nicht mehr neben mir liegen wollen", sagte er, „wahrscheinlich schon bald."

Sie setzte sich auf: „Wie meinst du das?"

„Genau wie ich es sage", sagte er und stützte sich auf die Unterarme. „Bald wirst du einen möglichst großen Abstand zwischen uns bringen wollen."

„Warum sagst du denn so was?", sagte sie und lachte, wuschelte ihm durch die Haare und drückte ihn auf die Liege zurück. Legte ihren Kopf in seine Armbeuge, küsste ihn auf die Brust. „Ich werde immer gerne bei dir sein. Das ist gar nicht anders möglich."

Daran musste sie jetzt oft denken, wenn ihr seine Nähe körperliches Unwohlsein bereitete. Im Auto, viel zu nah, im Bett, viel zu nah, am Küchentisch, viel zu nah. Wie ein Fluch hatten sich seine Worte bewahrheitet. Sie wachte auf und er war schon wieder neben ihr, noch immer, jeden Morgen. Der größte Luxus, wenn er das Kind nahm und sie ausschlafen konnte, alleine aufwachte. Das Fenster öffnete und die frische Luft hereinließ, Luft, die nur sie alleine atmete. Nicht wie die verbrauchte Traumluft, die in der Früh schwer im Zimmer lag. Auf einmal ekelte sie die Vorstellung, die Luft eingeatmet zu haben, die aus seinem Mund geströmt war, die schon eine Runde durch seinen Körper hinter sich hatte, Secondhand-Luft.

Sogar beim Schwimmen war er ihr zu nah. Nicht im kleinen Becken des Waldbades, da gingen sie schon lange nicht mehr hin. Es war gänzlich kleinkindungeeignet. Einem Baby war die Aussicht egal. Und auch ihr war die Aussicht egal, solange das Kind nicht weinte und sie beide im warmen Wasser dümpelten. Also an den See, ohne Aussicht, aber mit einem flachen Kieselstrand.

Wenn sie, was selten der Fall war, gemeinsam im Wasser waren, weil eine Freundin ihnen ein paar Minuten auf das Baby schaute, schwamm er ihr ständig in den Weg. Stieß an ihr mit Armen oder Beinen an oder schwamm so nah, dass sie das Gefühl hatte, er könne das jeden Moment tun.

Sie schwamm von ihm weg, aber er beharrlich neben ihr her, wieder zu nahe kommend. Wie sehr wünschte sie sich in solchen Augenblicken die klaren Regeln eines Schwimmbeckens, die Markierungen einer Bahn, die ihn in die Schranken wiesen. Besser noch eine Absperrung aus Bojen, wie sie in Bädern

manchmal die Trainingsbahnen von den Allgemein-
schwimmern trennen.

Aber nein: Im warmen, grünen Wasser des Sees
kannte er keine Grenze. Wenn es ihr zu viel wurde,
machte sie ein paar schnelle Kraulzüge und ließ ihn
hinter sich. Sie schwamm besser als er, schneller, aus-
dauernder. Erst nach achtundzwanzig Kraulzügen
drehte sie sich auf den Rücken und ließ sich treiben.
Schaute in den Sommerhimmel, wolkenlos, wie Recht
er gehabt hatte.

Kita

Sie wusste nicht: War es leichter oder war es schwerer, seit Christina in der Kita war? Sie mussten pünktlich dort ankommen, das war der Stress. Martin war jeden zweiten Tag dran, das heißt, wenn er nicht Dienst hatte – und er hatte oft Dienst. Oder er hatte Nachtdienst gehabt und musste ausschlafen. Ohne ihre Freundin Ulrike und deren Mann hätte sie es nie geschafft, wenigstens ab und zu pünktlich ins Labor zu kommen. Sie hatten ein Kind im gleichen Alter und wohnten nebenan. So wechselten sie sich ab.

In Christinas zweitem Lebensjahr hatten sie ein Au-pair-Mädchen gehabt. Deshalb mussten sie die Kleine in der Früh nicht anziehen, um in die Arbeit zu rasen, sondern ließen sie mit Britt gemütlich frühstückend zu Hause zurück. Klara mochte das Mädchen sehr. Sie war liebevoll zu Christina, schubste sie geduldig in der Schaukel an, die vom Türstock ihres Wohnzimmers baumelte, ging mit ihr in den Park und auf den Spielplatz.

Als Klara einmal mit Verspätung und schlechtem Gewissen nach Hause kam, begrüßte sie die Tochter liebevoll mit gelb verschmiertem Mund und Händen: „Mama!" Britt hatte ihr ein weiches Ei gemacht. Sie wusch der Kleinen noch die Hände, dann nahm sie ihre Sachen, ging zur Eingangstüre, um zu ihrem Deutschkurs zu laufen, und verabschiedete sich: „Tschüss, Christina, bis nachher!" Die winkte ihr fröhlich hinterher: „Tsüss, Mama!"

Dass ihre Tochter auch das Au-pair-Mädchen Mama nannte, gab Klara zu denken. Aber das war nicht der Grund, warum Britts Vertrag im nächsten Jahr nicht verlängert wurde. Sie selbst wollte zurück nach Schweden. Christina fragte in den Wochen darauf immer wieder nach Mama. Noch eine Trennung wollte ihr Klara nicht antun. Sie reduzierte ihre Arbeitsstunden auf zwanzig in der Woche und schrieb Christina in der Kita ein.

Der erste Schultag

Im Hintergrund war eine Savanne, in der sich eine große weiße Sonne in einen orangen Abendhimmel senkte. Oder war es eine Morgensonne, die sich hob? Egal – die Hauptsache waren die Geländewagen im Vordergrund: ein dicker, blauer Pick-up mit Hirschfänger, ein grüner Jeep und ein gelber Caterpillar mit Safarimuster. Christina liebte Autos, also waren auf ihrer Zuckertüte für den ersten Schultag Autos abgebildet. In dieser Hinsicht war Martin schon immer für die Gleichberechtigung gewesen, alte DDR-Schule. Von klassischen Geschlechterrollen hielt er nichts. Die Tüte war jedenfalls – Autos hin oder her – halb so groß wie das Kind und voll mit Süßzeug.

Eine Tüte hätte gereicht, aber in Berlin brachte ja jeder Gast eine eigene Zuckertüte, Helga, Ulrike und die anderen, bald waren Schokolade, Gummischlangen und saure Drops am Wohnzimmerboden verstreut und den Kindern war schlecht, weil sie alles durcheinander gegessen hatten. Sie gingen trotzdem noch auf den Rummel und aßen Pizza. Anton sagte zu Klara: „Darf ich einen Schluck von deiner Cola?" Und sie sagte: „Klar." Später schimpfte Antons Mutter mit ihr: Anton hatte noch nie Cola getrunken und durfte das auch nicht. Streng verboten.

Trotzdem fuhren alle noch eine Runde Autoscooter. Auch wenn Helga sagte: „Sie wird sich die Vorderzähne ausschlagen." Christina durfte lenken. Sie touchierte Autos, kreischte vor Vergnügen. Kreuz und quer zuckten die Wagen im Stroboskoplicht. „Noch einmal!", riefen die Kinder. „Noch einmal!" Aber Klara sagte: „Nein. Wenn es am schönsten ist, muss man aufhören."

Der Plan

Als er aus dem Portal trat, umringten ihn seine Kollegen. Sie erkannte ihn gleich. Das Programm des Ärztekongresses auf der Messe Wien herauszufinden, war ein Leichtes gewesen. Sie hatte alles auf eine Karte gesetzt. Wollte nicht riskieren, dass er auf ihr Schreiben nicht antwortete oder gar Klara ihre Zeilen fand. Und jetzt stand sie da, nach zehn Jahren.

Sie machte einen Schritt auf ihn zu, versperrte ihm den Weg. Er sprach mit dem Mann neben sich, blickte erst auf, als er schon fast in sie hineingelaufen war.

„Martin", sagte sie. Er erkannte sie nicht gleich. Sie hatte jetzt schulterlange Haare. Das Businesskostüm ließ sie älter wirken, als sie war. Sie bewegte sich nicht. Widerstand dem Impuls, sich umzudrehen und davonzulaufen. Wenn er sie jetzt nicht sofort wiedererkannte, war alles umsonst gewesen.

Ihre sorgfältig geplante Wien-Reise, die Auswahl des Restaurants, in das sie heute Abend mit ihm gehen, und des Hotels, in dem sie heute mit ihm schlafen würde. Alles, was sie vorhatte zu sagen und zu verschweigen. Zehn Jahre. Noch ein Sekundenbruchteil und alles war verloren, ihr gesamter Plan gescheitert an dem Nichterkennen in seinem Gesicht.

Aber da lächelte er.

„Violenta, Vio, das gibt's ja nicht."

Der Kollege neben ihm stutzte und sie kam Martin ein klein wenig entgegen und hakte sich bei ihm unter. „Ich konnte früher weg aus dem Meeting. Komm, lass uns ein Stück spazieren." Und zog den Verdutzten mit sich, als wären sie verabredet gewesen. Sie gingen in Richtung Prater-Hauptallee, es war Mai und die Kastanien blühten. Kaum waren sie außer Sicht, blieb Violenta stehen, schob ihn auf Armeslänge von sich und sagte: „Lass dich anschauen."

Er war dick geworden. Nicht fett. Aber ein Wohlstandsbauch wölbte sich deutlich unter dem weißen Hemd. Aus dem schlaksigen Studenten war ein Arzt geworden, Doktor der Augenheilkunde mit Spezialgebiet Skotom, wie sie den Kongressunterlagen entnommen hatte. Die grauen Schläfen standen ihm gut. Er sah jetzt seinem Vater ähnlich, wie sie ihn vor dreizehn Jahren kennengelernt hatte: ein dicker, lauter Mann mit Hang zum Bluthochdruck. Was das Familienleben so aus einem macht, dachte sie. Man lässt sich gehen. Sie hingegen würde sich nicht gehen lassen.

Sie hatte in all der Zeit kaum zugenommen, zwei Kilo in zehn Jahren. Das war ihrer Disziplin geschuldet. Fitnesscenter gab es schließlich in jedem Land der Welt, das hatte sie bei ihren Auslandseinsätzen gelernt, sogar im Kongo. Sie würde natürlich auch während der Schwangerschaft weiterhin trainieren gehen. Sie hatte gelesen, dass das bis ins sechste, siebente Monat hinein problemlos möglich war. Keine Gewaltaktionen mit Gewichten, aber sonst alles wie gewohnt, jeden zweiten Tag eine Stunde. Sie wollte schön bleiben für Martin – und natürlich für sich selbst. Sie verachtete die Frauen, die alles nur für ihre

Männer machten. Sie wollte eine gleichberechtigte Beziehung, auch mit Kind.

Deswegen hatte sie so lange gewartet. Weil es nie der Richtige gewesen war. Weil der nächste Auslandseinsatz immer wichtiger schien. Auf den Kongo hätte sie ungern verzichtet, obwohl alle ihre Freundinnen sie für verrückt erklärt hatten. Was, da willst du freiwillig hin? Das klang ihr noch im Ohr. Ja, sie wollte. Und jetzt wollte sie Familie, war das Umherziehen satt. Außerdem war sie Ende dreißig, sie konnte das Kinderkriegen nicht endlos aufschieben. Und je länger sie darüber nachgedacht hatte, desto klarer war ihr geworden, dass sie sich vor zehn Jahren falsch entschieden hatte. Dass Martin der Richtige gewesen wäre, das heißt: immer noch war.

Sie strich sich die Locken hinter die Ohren. Doch, sie hatte sich richtig entschieden. Jetzt, wo sie vor ihm stand, war sie sicher, dass sie die rechte Wahl getroffen hatte. Und dass es gut gewesen war, ihn nicht vorher anzurufen. Nicht daran zu zweifeln, dass er sich freuen würde. Sie arbeitete ohne Sicherheitsnetz. Sie wollte ihn überraschen und sie hatte ihn überrascht – sie selbst hasste Überraschungen. Sie erinnerte sich an die Party zu ihrem Dreißiger, die ihr Kollegen in ihrem Lieblingssteakhouse ausgerichtet hatten. Einer hatte sie zum Essen ausgeführt – auch ein potenzieller Kindsvater, den sie aber bald wieder verworfen hatte –, dann waren zehn Leute dagesessen und sie war gezwungen gewesen zu tun, als ob sie sich freute. Und dann noch die Torte, wo sie doch nie Torte aß!

Ob auch er nur so tat, als ob er sich freute? Er lächelte, aber das Lächeln war wie festgeeist auf seinem Gesicht.

„Was machst du denn in Wien? Und wo lebst du jetzt?", fragte Martin.

„In Genf. Ja, eine Konferenz bei der IAEO."

„Und wie hast du mich gefunden?"

„Ich bin zufällig auf deinen Namen gestoßen, weil praktisch alle Hotels ausgebucht waren. Riesig, so ein Ärztekongress. Da dachte ich: Was führt tausende Ärzte nach Wien?"

„Na, mein Vortrag sicher nicht."

„Jedenfalls dachte ich, wenn ich schon einmal da bin."

Er sah sie aufmerksam an. Bis auf den Haarschnitt hatte sie sich kaum verändert. Kaum eine Falte, nur das Businesskostüm machte sie älter. Ihm fiel der Parka ein, den sie bei ihrem letzten Treffen getragen hatte. Sein Parka. Sie mochte, dass er nach ihm roch, das hatte sie immer betont. Er widerstand dem Impuls, sie in den Arm zu nehmen.

Er erinnerte sich an die Silvesternacht am Tatzend. Wie er sie im Dunkeln zuerst für einen Burschen gehalten hatte. Groß war sie und schlank. Warum hatte er sie nicht gleich erkannt? Dieselben braunen Augen, dasselbe Lächeln. Er konnte ihr kaum ins Gesicht sehen. Er schämte sich.

Natürlich hatte er oft an sie gedacht. Aber diese Gedanken meist schnell weggeschoben. Nur zwei-, dreimal in all den Jahren hatte er recherchiert, versucht, ihre Adresse herauszufinden. Ihr einmal geschrieben, Christina war gerade zwei Jahre alt geworden. Vio hatte nicht geantwortet, aber der Brief war nicht retourgekommen. Also musste sie ihn erhalten haben. Ein klares Zeichen, dass sie kein Interesse an ihm hatte. Dass sie ihm nicht verziehen hatte.

Manchmal hatte er darüber nachgedacht, ob er sich aus seiner Verantwortung als Vater hätte freikaufen können. Viele machten das so. Einfach zahlen, aber keinen Kontakt zu dem Kind haben. Oder nicht zahlen. Oder nicht zahlen und den Kontakt meiden. Viele seiner Freunde, deren Einkommen schwer zu überprüfen war, spielten dieses Spiel mit den Kindsmüttern und dem Finanzamt in langwierigen Prozessen. Vor dem Gesetz waren sie praktisch mittellos, überschrieben Häuser und Autos Ehefrau Nummer zwei oder drei. Leider sei bei ihnen nichts zu holen. Leider.

Er hatte das immer verachtet. Hatte nicht verstanden, warum es diesen Männern so schwer fiel, an die Exfrauen oder Kurzzeitgeliebten, an die Mütter ihrer Kinder jedenfalls Geld zu überweisen, das doch ihren Kindern zugutekam. Einer, so erinnerte er sich, hatte extra für ein dreijähriges Kind ein Konto einrichten lassen, bloß um das Geld nicht an die Mutter überweisen zu müssen. „Geld ist Libido", hatte Martin sein Therapeut erklärt, „deswegen ist es so schwer."

Nein, er hätte sich nicht vorstellen können, Christina nie kennenzulernen. Den Kontakt zu seinem Kind auf einen Dauerauftrag aus dem Ausland zu beschränken. Er hatte nie konkret über das Leben mit Vio nachgedacht, sie hatte ihn mitgerissen mit ihren Plänen. Er traf ungern Entscheidungen. War auch gar nicht notwendig gewesen, hatte sich von selbst gefügt. Ob das ein Erbe seiner Sozialisierung war? Viel Auswahl hatte es nicht gegeben in der DDR. Und das Studium hatte ihm die Familie nahe gelegt. War ja schon eine Praxis vorhanden gewesen.

Und jetzt stand sie da, Violenta. Riss ihn in ein Flashback, das ihn verwirrte. Zu viele widersprüchliche Gefühle. Natürlich Freude einerseits, Überraschung, aber auch Ärger.

Das sah ihr ähnlich, dass sie ihn so überfallen hatte. Die Führung übernehmen, das war schon immer ihre Stärke gewesen. Hätte er es geschafft, nein zu ihr zu sagen? Nein, wir treffen uns nicht. Nein, es gibt nichts zu besprechen. Nein, ich möchte mich nicht entschuldigen. Nein, ich führe jetzt ein anderes Leben. Nein, ich bin glücklich mit meiner Familie. War er denn glücklich? Er spürte, dass sich Klara in den letzten Jahren von ihm entfernt hatte, dass vieles Kompromiss war in ihrem Leben. Manchmal hatte er sich gefragt, ob er nur wegen Christina bei ihr geblieben war. Oder ob er einfach zu schwach war, sich zu trennen. Oder zu bequem. – Er schob den Gedanken beiseite. Hauptsache, sie war da, Vio, jetzt. Das wollte er genießen.

Er hakte sich bei ihr unter: „Erzähl mir alles."

„Da gibt es nicht viel zu erzählen", sagte sie. „Chile, Kongo, die Schweiz, alle vier Jahre ein anderes Land.

Zuerst machst du noch Ausflüge, eine Bergtour oder eine Safari, je nachdem. Aber dann gehst du einfach ins Büro wie überall auf der Welt. Es ist unspektakulär, langweilig."

„Kann ich mir nicht vorstellen", sagte er.

Sie schwieg. Sie hatte sich fest vorgenommen, ihn nicht nach seiner Familie zu fragen. Jetzt war ihnen schon nach zwei Sätzen der Gesprächsstoff ausgegangen, alles, was sie sich zurechtgelegt hatte, war vergessen.

„Schau, da kann man Ruderboote ausborgen", sagte sie. „Wollen wir?"

Der Bootsverleih gehörte zu einer heruntergekommenen Gastwirtschaft, in der es nach Rauch stank. Drei schon am frühen Nachmittag betrunkene Männer lehnten an der Schank. Einer davon, der Wirt, ging unwillig mit ihnen zum Steg und kettete eines der Ruderboote los, die dringend einen Anstrich vertragen hätten. Das Grün blätterte ab und die schweren Holzruder waren abgewetzt. Aber kaum war das Boot im Wasser, fühlte sie eine große Erleichterung. Der Takt der Ruderschläge gab auch ihrem Gespräch einen Rhythmus.

„Und deine Familie macht das alles mit?", fragte Martin.

„Ich entscheide alleine", sagte sie. „Mein Vater war nicht begeistert über den Kongo, aber der hat schon lange nichts mehr zu melden."

Also kein Ehemann, dachte Martin. Aber einen Freund wird sie haben.

„Seit wann bist du in Genf?"

„Bald drei Jahre."

„Du hast die Schweiz doch nie gemocht", sagte er.

„Das ist ein guter Job", sagte sie. „Lass mich einmal." Sie bestand darauf, die Sitze zu tauschen und selbst eine Weile zu rudern. An der Trauerweide, die horizontal übers Wasser ragte, legten sie an. Sie holte eine große, schwarze Sonnenbrille aus ihrer Handtasche und setzte sie auf.

„Audrey Hepburn", sagte er.

„Drei Dioptrien", sagte sie.

Sie saßen schweigend in der Sonne.

„Das ist ein idealer Platz für Schlangen hier im Schilf", sagte sie. „Als Kind habe ich die sogar in die Hand genommen, Ringelnattern. Wenn du sie angreifst, sondern sie so einen Bitterstoff ab, stinkt fürchterlich."

„Ich muss zurück", sagte er. „Die Konferenz geht um fünfzehn Uhr weiter."

Sie sagte nichts, sah ihn nur an. Ruderte zurück.

Sie legten an und als er ihr aus dem Boot half, zog er sie nahe an sich heran. Er küsste sie nicht. Sagte stattdessen: „Ich habe Hunger. Ich lasse eine Session entfallen. Essen wir was."

„Aber sicher nicht hier", sagte sie.

„Nicht hier", sagte er.

Der Reiseführer auf ihrem Handy empfahl die *Meierei*. Das wunderschöne, in Schönbrunnergelb gehaltene Gebäude stand in seltsamem Kontrast zu den Waschbetonfliesen aus den Sechzigerjahren, mit denen die Terrasse ausgelegt war. Dass sie sich bereits zu Hause durch die Fotos geklickt hatte, ließ sie sich nicht anmerken. Auch die grauen Plastikstühle waren hässlich, aber das Café lag einfach perfekt in Gehweite zu dem Hotel, in das sie ihn am Abend bringen würde.

Sie bestellte Alkohol, in der Hoffnung, dass auch er es täte. Und wirklich, nach einer weiteren halben Stunde war er entspannt. Sie durften nur nicht zu sehr in das Fahrwasser „alte Bekannte" geraten. Er griff zu seinem Portemonnaie. Wenn er ihr jetzt ein Foto seiner Tochter zeigte, war alles aus. Das würde sie nicht ertragen. Aber er fischte die Visitenkarte seines Hotels heraus.

„Darf ich dich heute ins *Unkai* im Grand Hotel einladen? Da haben sie das beste Sushi von Wien."

Glaubst du, dachte sie. Ihre Recherchen hatten etwas anderes ergeben. Ihre koreanische Freundin Sun hatte ihr das *Seoul* in der Praterstraße empfohlen. Und genau da würden sie hingehen. In dem winzigen Lokal gab es nur vier Tische und es war sehr eng, was ihrem Plan entgegenkam.

„Nein, mein Lieber", sagte sie, „heute Abend habe ich schon etwas vor."

Als sie die Enttäuschung auf seinem Gesicht sah, wusste sie, dass sie schon so gut wie gewonnen hatte.

Der Tag danach

Martin freute sich. Er saß im Flugzeug zurück nach Berlin und freute sich. Sogar, dass er den Gangplatz nicht bekommen hatte, störte ihn nicht. Nicht einmal der schwer übergewichtige Mann neben ihm, dessen Oberschenkel unter der Armlehne in seinen ohnehin knappen Sitzbereich herüberschwabbelte, störte ihn. So weit würde er es nicht kommen lassen, dachte er, und strich sich über den Bauch. Drei Monate Sit-ups und weg war er. Violenta!

Was für ein Glück, dass er sie doch noch hatte überzeugen können, ihre Abendverabredung sausen zu lassen. Sie hatten drei weitere Spritzweine in der *Meierei* getrunken, waren dann ganz spontan zu Fuß die Hauptallee Richtung Stadt hinaufspaziert und schließlich zufällig in einem kleinen, aber feinen koreanischen Lokal gelandet. Das Bulgogi wurde direkt auf der heißen Steinplatte am Tisch vor ihren Augen gegrillt. Zwiebel und Champignons hatte Vio verschmäht. Typisch! Sie war immer noch die gleiche Fleischfresserin. Auch er hatte die Zwiebeln weggelassen. War das der Moment gewesen, in dem er beschlossen hatte, sie ins Hotel mitzunehmen?

Im Nachhinein schien es einfach, aber gestern noch war er sehr unsicher, ob sie auf sein Angebot einsteigen würde. Wie sollte er es anlegen?

„Im Grand Hotel gibt es eine wunderschöne Bar."

„Du glaubst doch nicht, dass ich mit in dein Hotel gehe. Und mich dann auf dein Zimmer schleiche."

Ihre direkte Art überforderte ihn. Er bereute es sofort, sie gefragt zu haben. Ja, er hatte sich zwar gedacht, dass sie vielleicht doch nicht ganz zufällig auf den Ärztekongress gestoßen war, dass sie ihn sehen wollte. Aber jetzt hatte er sie enttäuscht. Er war zu dick, zu alt, zu plump. Was ist nur aus mir geworden, dachte er. Wo ist der Kerl hin, den jede haben wollte? Und ich? Wie sicher ich mir gewesen bin, dass alles ein Spiel ist. Das ganze Leben. Wann genau ist es zu Ernst geworden?

Er war froh, dass Vio den Faden wieder aufnahm. Sie erzählten sich Anekdoten aus der Studienzeit.

„Weißt du noch, wie Thilo am Klo beim Physiksaal eingeschlafen ist? Und sie ihn erst am nächsten Tag gefunden haben?" Sie versuchte ihn aufzumuntern, soviel war klar. Den Schnaps, den die strenge koreanische Wirtin dann doch noch ausgab, nahm er gerne an. Er trank auch den von Vio.

Ob sie ihn aus Mitleid in ihr Hotel mitgenommen hatte? Die Nacht war fantastisch gewesen. Ihr Körper war ihm vertraut und doch erregend fremd. Dass sie auf das Kondom bestand, überraschte ihn nicht. Er hätte gar keines dabeigehabt. Wer hätte gedacht, dass er einmal so treu werden würde? Klara jedenfalls nicht. Und Recht hatte sie.

Der Parkblick

Dass er ihr das Frühstück ans Bett brachte, machte sie misstrauisch. Er war nach der Konferenz direkt in die Klinik gefahren und dann erschöpft ins Bett gesunken. Sie hatte ihn nach Hause kommen hören, obwohl er sich bemüht hatte, leise zu sein. Wohin war ihr tiefer Schlaf verschwunden? Als Studentin hatte sie durchgeschlafen, gern auch elf, zwölf Stunden am Stück. Mit der Geburt von Christina war alles anders geworden. Auch nach dem Abstillen fand sie nicht mehr zu ihrem alten Schlaf zurück.

Beim geringsten Geräusch schreckte sie auf, die Schritte der Nachbarn über ihnen kamen ihr auf einmal unverschämt laut vor. Früher hatte sie sie nicht einmal bemerkt. Martins Schnarchen weckte sie mehrmals die Nacht. Hatte er am Anfang ihrer Beziehung denn nicht geschnarcht oder hatte die Liebe sie nicht nur blind, sondern auch taub gemacht?

Jetzt musste sie ihn regelmäßig vom Rücken auf die Seite drehen, nur so hörte er zu schnarchen auf. Sie hatte schon öfter daran gedacht, ihm getrennte Schlafzimmer vorzuschlagen, aber dann doch gezögert, es auszusprechen. Ihre Eltern hatten in zwei Zimmern geschlafen und es hatte ihrer Ehe nicht geschadet.

Martin war ein Frühaufsteher, während sie in den Morgenstunden erst in einen tiefen Schlaf fand. Dass er ihr Frühstück brachte, war trotzdem ungewöhnlich. Sie war schon froh, wenn er Christina, die darin ganz nach ihm kam, in der Dämmerung mit Vorlesen bei Laune hielt oder ihr einen Kakao kochte. Wenn sie sehr großes Glück hatte, machte er sich mit seiner Tochter schon auf den Weg zum Markt, wo sie besonders gerne einkauften. Das war ihr persönlicher Luxus als Mutter: Manchmal bis zehn im Bett bleiben dürfen und dann das Badezimmer für sich alleine haben.

Und jetzt: Tee oder Kaffee? Seltsame Frage, wo sie doch immer Tee trank. „Den Assam in der zweiten Lade unten", rief sie in die Küche. „Mit Milch! Ist denn noch welche da?" Sie würde später nicht genau sagen können, was sie stutzig gemacht hatte: die seltsame Frage oder doch erst das Strahlen auf seinem Gesicht, als er ihr den Tee servierte. Oder die Tatsache, dass er sich noch einmal zu ihr ins Bett legte und Sex wollte, obwohl Christina wach war und zwei Zimmer weiter spielte.

Sie hätte den Vorfall vergessen, wenn er nicht einen Tag später das Handy an sich genommen hätte. Sie saßen beim Abendessen, Christina war noch nicht im Bett, da vibrierte sein Telefon auf der Küchenkommode. Er stand auf, warf einen Blick darauf und steckte es in die Hosentasche. Das war ungewöhnlich. Ihn störte die permanente Erreichbarkeit, zu der er als Arzt gezwungen war. War er außer Dienst, lag das Handy meist in seinem Arbeitszimmer. Er betonte, wie sehr er es hasste, es am Körper zu haben. Nicht einmal die goldene Uhr, ein Erbstück von seinem Vater, trug er am Handgelenk. Auch sie lag auf dem Schreibtisch in seinem Zimmer.

Das Briefgeheimnis war ihr heilig. Sie wusste, wie wichtig es auch ihm war, gerade weil es in der DDR nicht gegolten hatte. Nie wäre es ihr in den Sinn gekommen, seine Post zu öffnen oder in seinem Handy zu stöbern. Manche ihrer Freundinnen und Freunde taten das. „Wenn ich das notwendig habe", hatte sie einmal zu Renate gesagt, „ist die Beziehung doch schon so gut wie hin." Also tat sie es nicht. Sie ertappte ihn unabsichtlich, wenn auch erst fünf Wochen später.

Er hatte seine Kreditkartenabrechnung offen auf der Garderobe liegen lassen. Eine Übernachtung im Doppelzimmer im *Schwarzen Hirsch* in München. Offiziell war er in Bremen gewesen. Sie hatte sich noch gewundert, wieso er so bald nach dem Kongress in Wien zu einem weiteren zugesagt hatte. Für gewöhnlich fuhr er nicht öfter als einmal im Quartal zu einem beruflichen Termin.

Sie überlegte zu schweigen. Sie hatte schon öfter in diesen zehn Jahren an seiner Treue gezweifelt. Und sie hatte nicht vergessen, unter welchen Umständen sie ihn kennengelernt hatte: Er war mit einer anderen Frau zusammen gewesen und hatte mit ihr geschlafen. Warum sollte jemand, der so etwas tat, seine Gewohnheiten ändern? Wenn, dann vielleicht bloß, weil es ihm an Gelegenheiten mangelte. Dass sie seine große Liebe wäre, darüber wollte sie sich nicht täuschen. Er war wegen Christina bei ihr geblieben. Das kränkte sie ein wenig, aber sie war pragmatisch. Und sie hatten sich arrangiert.

Er war ein erstaunlich guter Vater. Sehr geduldig mit Christina, die ihn, als eine der wenigen, zum Lachen brachte. Auch Fremden fiel die große Vertrautheit zwischen Vater und Tochter manchmal auf. Er mochte Spielplätze nicht, aber er nahm Christina schon als Kleinkind zu langen Spaziergängen mit, auf denen sie ernste Dinge besprachen: die Vorteile von Marmorkuchen und später auch, wie ein Verbrennungsmotor funktioniert. Dabei hatte Klara nie das Gefühl, dass er lieber einen Sohn gehabt hätte. Christina war perfekt für ihn.

Und all das sollte sie wegen einer Übernachtung in München aufgeben? Sie hatte schon frühere Verdachtsmomente geflissentlich übersehen: die vielen Verpflichtungen im Zigarrenclub oder die plötzliche Kenntnis eines Films über schwule Cowboys. Diesen Film, so wusste sie, hätte er sich niemals alleine ausgesucht. Mit ihr hatte er ihn nicht gesehen – und schwule Freunde hatte er nicht.

Sie waren bei den Nachbarn zum Essen eingeladen gewesen, als die Rede auf den Film kam. Martin erhitzte sich an der Debatte, bis er ihren Blick sah. Und verstummte. Auch sie hatte geschwiegen. Und nach ein paar Monaten waren die Besuche im Zigarrenclub wieder weniger geworden. „Eine stabile Beziehung", so hatte ihre Mutter gesagt, „lebt auch davon, was man nicht ausspricht."

Aber jetzt war es anders. Der *Schwarze Hirsch*. Sie hatte sich nicht gleich erinnert. Aber plötzlich war das

Bild wieder da. Sie selbst war da einmal mit ihm gewesen. Christina war noch ganz klein und sie hatten sie für ein Wochenende zu Martins Mutter gebracht, um zwei Tage und Nächte ungestört miteinander zu verbringen. Helga hatte die Anspannung ihres Sohnes bei der Taufe bemerkt und ihnen das Wochenende à deux geschenkt.

Ihr war das Hotel nicht gleich unsympathisch gewesen. Familienbetrieb, gute Lage. München war nicht ihre Wahl, aber es war ihr nicht so wichtig. Hauptsache, sie konnte Zeit mit Martin verbringen, ohne dass die zahnende Tochter ihre Aufmerksamkeit fesselte. Also München. Die Rezeptionistin kannte ihn, das war ihr aufgefallen, noch bevor die sagte: „Wie immer?"

„Mit Parkblick", antwortete Martin. Und als Klara ihn darauf ansprach, sagte er: „Ja, ich bin hier schon gewesen." Sie hatte nicht locker gelassen. Nachdem er zugegeben hatte, hier schon mit Vio abgestiegen zu sein, begann sie zu weinen. Das verstand er nicht. „Aber es ist doch ein sehr schönes Hotel", sagte er.

Später hatte ihr Astrid erzählt, dass ihr Exmann sogar auf Hochzeitsreise mit der neuen Frau ins gleiche Hotel gefahren sei wie mit ihr. „Ich hab mir die Augen aus dem Kopf geweint. Dabei hat das nichts zu bedeuten. Manche Männer hängen eben an Orten. Manchmal mehr als an Menschen." Dieser Gedanke half ihr nicht. Es ging nicht um den *Schwarzen Hirsch*. Sie musste herausfinden, ob er mit Vio da gewesen war.

Die Aussprache

Sie hatte sich oft gefragt, ob er in all den Jahren Kontakt mit Violenta aufgenommen hatte. Sie konnte sich kaum vorstellen, dass jemand, der einmal so wichtig für ihn gewesen war wie sie, einfach so aus seinem Leben verschwand. Er hatte ihr beteuert, dass er sich gegen Vio und für sie und das Kind entschieden habe. Das hatte ihr genügt.

Aber dass Violenta das so hinnahm, das hatte sie gewundert. Dass sie nicht um ihn gekämpft hatte. Sondern einfach nach Argentinien gezogen war. Oder sonst wohin auf die Südhalbkugel. Jedenfalls hatte sie nie wieder etwas von ihr gehört. Seltsam eigentlich. Vielleicht waren die beiden ja heimlich in Kontakt geblieben. Vielleicht hatte er sie schon jahrelang mit ihr betrogen. Aber das hätte sie doch gemerkt! Schwule Cowboys und Violenta, das ging nicht zusammen. Obwohl sie der Frau nie begegnet war, hatte sie ein genaues Bild von ihr: knallhart, karrierebewusst, durchsetzungsstark. Sentimental? Sicher nicht.

Sie würde Martin danach fragen. Aber wie? Sie wartete, bis er Christina zu Bett gebracht hatte. Sie öffnete eine Flasche Rotwein, Montepulciano, auch so ein Ort, den er gerne mochte. Mit wie vielen Frauen er da wohl schon gewesen war?

„Martin", sagte sie und legte den Kreditkartenauszug auf den Tisch.

„Und?", fragte er.

„*Schwarzer Hirsch*", sagte sie.

Er sah sie lange an. Überlegte wohl die Strategie seiner Lüge. Und überraschte sie: „Wir sind nur alte Bekannte, Vio und ich. Wir haben uns jahrelang nicht gesehen. Sie war zufällig in der Stadt. Sie lebt jetzt in Genf."

„Und du? Du warst auch zufällig in München? Und sagst mir, du fährst nach Bremen?"

„Ich wollte dich nicht beunruhigen. Es ist nicht wichtig", sagte er.

„Warum lügst du mich an?", fragte sie. „Du glaubst doch nicht wirklich, dass du mich hättest zu ihr fahren lassen, wenn ich dir die Wahrheit gesagt hätte. Ich wollte sie einfach sehen", sagte Martin.

„Und jetzt weißt du mehr?", fragte sie.

„Ja, jetzt weiß ich mehr", sagte er.

Und was weißt du?", fragte sie.

Da schwieg er. Auch, als sie aufsprang und in sein Arbeitszimmer rannte. Auch als sie ihm sein Handy unter die Nase hielt.

„Zeig es mir", verlangte sie.

„Das geht dich nichts an", sagte er.

„Wir leben zusammen und haben ein Kind und es geht mich nichts an?", fragte sie.

„Nein", sagte er.

Auch als sie das Fenster öffnete und das Telefon auf die Straße warf, sagte er nicht, was Violenta für ihn bedeutete.

Die Frage

Hallo Violenta,

es war nicht schwer, Deine E-Mail-Adresse herauszufinden. Martin hat mir gesagt, dass Du jetzt in Genf lebst.

Er hat mir erzählt, dass ihr euch getroffen habt. Er sagt, Du bist nur eine alte Bekannte, aber das glaube ich nicht.

Deswegen sag Du mir: Was ist zwischen euch?

Klara

Hallo Klara,

ich sitze gerade in einer Besprechung und kann jetzt nicht. Ich antworte Dir bald.

Violenta

Sie wusste nicht, wie sie den Tag ohne Antwort überstehen sollte. Sie hatte Martin nicht gesagt, dass sie Violenta kontaktieren würde. Immer wieder hatte sie ihn auf die Situation angesprochen – ohne Ergebnis. Aber sie bemerkte, dass er abwesend wirkte und manchmal heimlich telefonierte. Das Schwierigste war für sie, sich dem Kind gegenüber nichts anmerken zu lassen. Tagsüber, wenn sie in der Arbeit war, vergaß sie sogar für Stunden ihren Verdacht, aber spätestens, wenn sie zum Kinderladen rannte, fiel es ihr wieder ein: Ist das jetzt das Ende? Haben wir uns die glückliche Familie nur vorgespielt und es war schon längst hohl, das Glück? Natürlich war ihr Martin hin und wieder auf die Nerven gegangen und sie hätte gern mehr Raum für sich alleine gehabt. Aber war das nicht in jeder Familie so?

Wenn Martin zum Abendessen nach Hause kam, gerade rechtzeitig, dass er Christina noch sehen konnte, bevor sie ins Bett ging, wirkte er so gelassen, dass sie an ihrem Zweifel zweifelte. Das kann doch nicht sein, dachte sie, es ist alles gut. Aber kaum war das Kind eingeschlafen und sie wagte eine Frage, wies er sie brüsk zurück. „Ich will nicht darüber sprechen, wie es in der Klinik war. Da ist es schon stressig genug. Ich will mich nicht zu Hause noch einmal an den Stress erinnern." Er war böse auf sie. Gerade so, als hätte sie ihn betrogen.

So zu tun, als wäre nichts gewesen, hielt sie nicht länger aus.

„Wirst du sie wiedersehen?"

„Das geht dich nichts an."

„Doch. – Wirst du?"

Er ging in sein Zimmer und schloss die Tür hinter sich.

Die Antwort

Hallo Klara,

ja, es stimmt. Martin und ich lieben uns. Und ich werde alles dafür tun, damit wir unsere Liebe nach so vielen Jahren endlich leben können.

Violenta

Der Urlaub

Sie hatte ihn mit Violentas Schreiben konfrontiert. Er hatte gelächelt. Ob aus Verlegenheit oder vor Glück, sie wusste es nicht. Sie zog aus.

„Kann ich für ein paar Nächte mit Christina bei dir schlafen?", hatte sie Astrid gefragt. Die legte eine Matratze neben das Sofa im Wohnzimmer. Aber als das Kind nach drei Tagen fragte: „Wann gehen wir zurück zu Papa?", packte sie die Sachen und zog wieder ein. Er blieb über Nacht in der Klinik. Sie organisierte eine Kriseninterventioon. Er stimmte zu, mit ihr dorthinzugehen.

„Sie müssen sich entscheiden", sagte der Psychologe.

Er schwieg.

An dem gemeinsamen Familienurlaub, so teilte er ihr mit, könne er derzeit nicht teilnehmen. Er brauche Zeit zum Nachdenken. Allein. Sie sei ja mit den befreundeten Paaren gut aufgehoben.

„Und Christina?"

„Kein Wort zu Christina. Sag ihr, ich muss arbeiten."

Sie flogen ohne ihn. Sie hatten ein Haus auf Kreta gemietet. Christina war fröhlich. Die Kinder sprangen tausendmal in den Pool und wollten nicht ans Meer. Einmal fuhren sie doch hinunter in die abgelegene Bucht im Nordosten. Christina wurde schlecht auf der Serpentinenstraße, die kein Ende nahm. „Wie weit ist es noch? Ist es noch weit?" Es war heiß und als sie endlich angekommen waren, riss Klara die Autotüre auf. „Da sind wir – und jetzt ab ins Wasser!" Autotüre zu, in der noch die Hand des Kindes steckte.

Christina weinte erst gar nicht. Wurde weiß. Klara riss die Türe wieder auf, starrte auf die Hand des Kindes, holte aus und ohrfeigte es.

Jetzt weinte Christina und Klara weinte auch. Zum Glück war auch Martins Kollege Arzt, die Finger nicht gebrochen. In der Taverne gab es Eis und einen Teelöffel für die Schiene, die Stefan improvisierte. Erst als Christina wieder lachte und sich sogar ins seichte Wasser wagte, fiel Klara auf, wie elend sie sich fühlte. Noch vier Tage. Er stand am Flughafen, als sie ankamen.

Corpus Delicti

Weil jetzt die Putzfrau auch die Wäsche machte, war es ihr zuerst gar nicht aufgefallen. Jahrelang hatten sie gestritten wegen der Putzfrau. Ob sie sich eine leisten wollten oder nicht und wenn doch, wie oft.

„Die Wohnung ist immer ziemlich sauber", hatte Martin gesagt.

„Ja, weil ich sie immer putze", hatte Klara erwidert. Wie leid sie diese Putzdebatten war! Sie wollte sie schon in ihrer Wohngemeinschaft nicht führen, vor ihrem Leben mit Martin. Also hatte sie immer brav geputzt. Nicht gern, aber anständig. Nicht perfekt, aber halbwegs. Die Duschkabine und das WC einmal in der Woche, das Waschbecken öfter.

Sie hatte, genau genommen, sogar mehr geputzt als ihre Mitbewohnerin. Dafür war Eva die bessere Köchin. Klara war sehr gern in der Nacht, wenn sie von irgendeiner Party nach Hause kam, in die Küche geschlichen und hatte in den Topf geschaut, ob noch etwas da war. Und fast immer war noch etwas da. Eva, die kochte gern und viel. Gleich für mehrere Tage, sehr praktisch im Studium: Einmal kochen und drei Mal essen, zum Beispiel Pasta Bolognese oder Gulasch. Es wurden dann meist nur zwei Mahlzeiten für Eva daraus, weil Klara in der Nacht dazwischenkam. Nicht alles natürlich, das wäre unhöflich gewesen. Aber doch so viel, dass Eva es bemerkte am nächsten Morgen. Deswegen putzte Klara, sobald sie aus dem Labor kam.

Eine Putzfrau hätte sie schon damals gerne gehabt. Aber als das Kind dann da war, hatte sie nicht mehr mit sich verhandeln lassen. Beide berufstätig und ein Kleinkind im Haus. Immer den Brei erst von der Tischplatte auf den Hochstuhl tropfen lassen, dann auf den Fußboden. Da reichte einmal aufwischen die Woche nicht mehr aus. Eher zwei Mal täglich. Und die Putzfrau war eine ausgezeichnete Putzfrau und hatte bald von sich aus angeboten, auch die Wäsche zu machen. Und sie war heilfroh, vor allem wegen Martins Hemden. Die auch noch zu bügeln, wäre ihr wirklich zu viel gewesen. Deswegen hatte sich das so eingebürgert mit der Wäsche. Einmal eine dunkle Wäsche und zweimal eine weiße Wäsche, wegen der Sachen für die Klinik.

Der Wäscheständer stand immer vor ihrem Schrank. Ein bisschen unpraktisch, weil wenn sie an den Schrank heranwollte, musste sie den Wäsche-ständer beiseite heben. Wahrscheinlich wäre es ihr sonst nicht aufgefallen. Aber in dem Moment, als sie den Wäscheständer hochhob, sah sie eine schwarze Unterhose. Und sie dachte: Die ist ganz schön verwaschen. Und im nächsten Moment: Das ist nicht meine.

Das ist eine Damenunterhose, schwarzer Bund, Baumwolle mit Spitzbesatz an den Rändern. Aber nicht meine. Sie hob sie hoch. H&M stand in dem Eti-kett. Nichts Besonderes. Aber nicht ihre.

Vorsichtig legte sie sie auf den Wäscheständer zu-rück. Überlegte. Aber: Es war nicht zu ändern. Es war nicht ihre. Sollte sie zu ihm sagen: Wie kommt diese

Unterwäsche auf unseren Wäscheständer? Warst du wieder bei ihr? Du hast die Wäsche achtlos auf den Boden geworfen, sie zusammengeknüllt und nach der Rückkehr aus der Reisetasche in die Wäschekiste gekippt ohne zu schauen. Diese Achtlosigkeit kränkte sie am meisten: dass er nicht einmal versuchte, es zu verbergen.

Es ekelte Klara, die Unterhose anzugreifen. Also nahm sie eine Tüte, fasste sie vorsichtig, band einen Knoten in den Henkel und steckte sie in den Restmüll. Gleich bis zum Müllraum zu gehen, dazu hatte sie nicht die Kraft.

Aussprache zwei:

„Ich möchte, dass du gehst", sagte sie. „Ich halte es nicht aus, wenn du zu ihr fährst und wieder zurückkommst und tust, als ob nichts wäre. Das halte ich nicht aus. Das erlaubt meine Selbstachtung nicht."

Er habe, so teilte er ihr mit, es sich überlegt: Er würde sich schnellstmöglich eine Wohnung nehmen, um alleine zu sein und in Ruhe nachzudenken.

Aussprache drei:

„Ich werde morgen Abend nicht zu Hause sein, Christina ist bei deiner Mutter", sagte Klara. „Wenn ich wiederkomme, möchte ich, dass deine Sachen weg sind. Du glaubst doch nicht, dass hier deine Hemden gebügelt werden, die du zum Rendezvous mit Violenta trägst."

Martin: „Ja."

Aussprache vier:

„Du wirst verstehen, dass ich nicht alles hinschmeißen kann", sagte Martin.

Vio sagte nichts.

Aussprache fünf:

„Da gibt es ja gar kein Kinderzimmer. Wie stellst du dir das vor?", fragte Klara.

„Das ist ein ausziehbares Bett", sagte Martin.

Aussprache sechs:

„Da gibt es ja gar kein Kinderzimmer. Wie stellst du dir das vor?", fragte Vio.

„Wir schlafen im großen Bett und ich lege ihr eine Matratze ins Wohnzimmer", sagte Martin.

Aussprache sieben:

„Der Therapeut meint, du musst es Christina sagen. Du hast die Trennung verursacht, also musst du ihr es auch sagen", sagte Klara.

„Wir sind nicht getrennt", sagte Martin.

Aussprache acht:

„Willst du mich heiraten?", fragte Violenta.

„Ich bin verheiratet", sagte Martin.

Die Trennung

Sie trafen sich in ihrer Wohnung, ihrer ehemals gemeinsamen. Klara wollte die Betreuung von Christina besprechen. Er war vor sechs Wochen ausgezogen, aber Trennung war das keine. Nur „Zeit zum Nachdenken", wie er es nannte.

Es wäre besser gewesen, sich an einem neutralen Ort zu treffen. Aber er bestand darauf, tagsüber arbeiten zu müssen, und sie bestand darauf, keinen Babysitter zu haben. Also Treffpunkt zu Hause, wo das Kind schon schlief. „Zu Hause", hatte er vorgeschlagen. „Du meinst bei mir?", hatte sie erwidert. Und er schwieg.

Er kam pünktlich.

„Hast du schon gegessen?"

Er winkte ab. Trotzdem stellte sie ihm einen Teller mit kalter Pasta hin. Er rührte sie nicht an.

„Ich hole Christina von der Schule ab, wenn ich nicht Dienst habe", sagte er.

„Und wer bringt sie?", fragte sie, „jeden Tag ich? Und was heißt abholen? Wann?"

„Also achtzehn Uhr schaffe ich auf jeden Fall", sagte er.

„Spinnst du? Der Kinderladen schließt um fünf. Und da ist sie schon eine der Letzten, die geholt wird."

„Klara", sagte er.

„Weißt du, wie sich das anfühlt, vom Labor wegrennen und –"

„Klara", sagte er.

„Die ganzen Jahre habe immer ich –"

„Klara, bitte", sagte er.

Sie schwiegen. Er studierte die Nudeln, als suchte er ein spannendes Fotomotiv, Teigformationen, rote und gelbe Schlieren, eingetrocknete Mikrostrukturen.

Die Pasta war es, wegen der sie eine Flasche Montepulciano auf den Tisch stellte.

„Also siebzehn Uhr, einmal die Woche fix, dafür schläft sie auch bei mir", sagte er.

„Du hast ja nicht einmal ein Bett dort für sie", sagte sie.

„Natürlich hab ich ein Bett. Und für Christina eine Matratze", sagte er.

„Also das Kind schläft am Boden, während du mit dieser –"

„Klara", sagte er.

„Ich will nicht, dass sie bei dir ist, wenn – du musst mir versprechen. Ich erlaube das nicht."

„Was glaubst du eigentlich?", sagte er, stand auf und nahm den Flaschenöffner aus der Lade. „Das ist meine Wohnung und natürlich besorge ich ein Kinderbett für Christina."

„Ich will nicht, dass sie diese Wohnung betritt, dass sie sie sieht. Ich will, dass du ihr davor die Wahrheit sagst. Dass du ausgezogen bist, weil du eine Freundin hast!"

„Ich bin in einer Nachdenkphase. Und sie ist nicht meine Freundin."

„Gib es doch endlich zu! Das ist so armselig, so armselig."

Er klappte das kleine Messer am Ende des Flaschenöffners auf und schnitt die Hülle über dem Korken an.

Da war sie schon aufgesprungen, holte aus, schlug zu. Instinktiv hob er die Faust mit dem Flaschenöffner.

Das Messer schrieb eine rote Spur in ihre Hand.

Erstaunt zog sie sie zurück, die Handfläche geöffnet. Das Blut, so sah sie, spritzte vorbei am blauen Oberschrank bis an die Decke. Dann fiel sie.

Der Küchentisch schräg über ihr warf Wellen. Und doch gelang es ihr zu sagen: „Der Sessel."

Er reagierte nicht.

„Die Beine hoch, meine Beine."

Sie zwang sich, nicht auf die Wunde zu starren, die Hand lag neben ihr wie die einer anderen.

„Nimm das Geschirrtuch. Binde es fester, nein so."

Das Blut färbte das blau-weiße Karomuster wie ein ungeduldiges Kind einen Ausmalbogen.

„Wir müssen die Rettung rufen", sagte sie.

„Keine Rettung", bat er.

„Ohne Rettung geht es nicht. Das muss genäht werden."

„Bitte", sagte er.

Und: „Ich bring dich hin."

„Ruf die Renate an", sagte sie, „damit sie auf das Kind schaut, schnell." Und: „Sie schläft doch? Schau nach ihr."

Im Krankenhaus schickte der junge Arzt, der ihre Hand genäht hatte, Martin aus dem Behandlungszimmer.

„Ich frage Sie noch einmal. Sie können es mir ruhig sagen: Hat Ihr Mann Sie mit dem Messer attackiert?"

Der Brief

Hallo Klara,
Du irrst Dich in vielen Punkten:

1. Martin ist nicht aus Liebe bei Dir geblieben, sondern wegen des Kindes.

2. Ein Kind ist noch lange kein Grund, für immer unglücklich zusammenzuleben.

3. Du verschließt die Augen vor der Realität und glaubst, wenn Du sie nur lange genug behauptest, die Liebe, wird sie sich schon einstellen. Tut sie aber nicht.

4. Warum soll ich „keine Ahnung" haben vom Leben und von der Liebe, bloß weil ich (noch) kein Kind habe? Die Mutterschaft macht Dich nicht per se zum besseren oder klügeren Menschen.

5. Ich hatte noch keine längere Beziehung, weil ich beruflich oft den Wohnort wechseln musste, das heißt aber nicht, dass ich zu keiner engen Bindung fähig bin. Meine Prioritäten waren bisher andere.

6. Dir ist das Kind ungeplant passiert, ich überlege genau, bevor ich mich zu so einem lebensverändernden Schritt entschließe.

7. Du sagst, ich agiere verantwortungslos. Ich könnte genauso gut sagen, es war verantwortungslos von Dir, ein Kind in die Welt zu setzen mit einem Mann, den Du kaum kanntest.

8. Diesen Fehler mache ich nicht: Ich weiß genau, was ich will und was ich tue. Nur, weil Dir das nicht in den Kram passt, heißt das noch lange nicht, dass ich im Unrecht bin.

9. Du glaubst, Martin sei Dein Eigentum. Ist er nicht.

10. Du sprichst immer von „wir", unterscheidest nicht zwischen dir und dem Kind. Aber: Bloß, weil Martin Dich verlässt, heißt das noch lange nicht, dass er Christina verlässt. Er kann ihr trotzdem ein verantwortungsvoller Vater bleiben.

Ich hoffe, dass Du zur Besinnung kommst und Christina nicht gegen Martin aufhetzt. Ich glaube, dass wir alle sehr gut miteinander auskommen werden.

Violenta

Klara

Sie bereute, dass sie ihn damals im Krankenhaus nicht angezeigt hatte. Es wäre so leicht gewesen, die Unwahrheit zu sagen. Und jetzt machte er alles richtig. Sie hasste ihn dafür. Sie lauerte auf einen Fehler.

Er hatte ihr vom Tag seines Auszuges an regelmäßig Geld für Christina überwiesen, weitaus mehr, als ihr von Gesetz wegen zustand. Sie konnte kaum glauben, was Astrid ihr von anderen Trennungen erzählte: Schreiduelle am Jugendgericht, Männer, die von einem Tag auf den anderen verarmten und ihren Kindern keinen Cent zahlten. Oder erst nach langwierigen Mediationen oder Prozessen, die sich über Monate, wenn nicht Jahre zogen – laut Statistik jeder zweite Mann.

Martin zahlte pünktlich. Und er zahlte nicht nur für Christina. Er zahlte auch für sie: „Du bist jahrelang in Teilzeit gegangen", schrieb er ihr, „hast dein eigenes berufliches Fortkommen hintangestellt, um dich um das Kind zu kümmern. Das rechne ich dir hoch an." Das Schreiben war derart hölzern, sein Anwalt musste es ihm diktiert haben. Er wollte sie treffen, aber es war ihr unmöglich, ihn zu sehen. Sie verweigerte stur jeden Kontakt.

Er hatte das Trennungsjahr nicht eingehalten, lebte schon mit Violenta zusammen. Und das, obwohl sie noch nicht einmal geschieden waren. Sie fürchtete nichts mehr, als den beiden auf der Straße zu begegnen. Sie waren in die Nähe gezogen, damit „Christina kurze Wege zwischen uns beiden hat", hatte ihr Martin geschrieben. Warum waren sie nicht weggezogen, in ein anderes Land oder zumindest in eine andere Stadt? Am liebsten auf einen anderen Kontinent. Die kurzen Wege würden ihm nichts nützen.

Martin legte seine Dienste so, dass er Christina dreimal die Woche aus dem Kinderladen hätte abholen können. Sie erlaubte es nicht. Sie beantragte die alleinige elterliche Sorge und bekam sie zugesprochen. Er hatte ja die Ehe gebrochen und lebte mit einer anderen Frau, die nicht nett zu Christina war. Klara hatte alles versucht, um den Kontakt zwischen den beiden ganz zu unterbinden, aber es war ihr anfangs nicht gelungen.

Violenta kam nach Martins Auszug fast jedes Wochenende aus Genf geflogen und verbrachte das Wochenende mit ihm – und seinem Kind. Einmal musste Klara losheulen, als Christina ihr von dem Ausflug in den Zoo mit Papa und Violenta erzählte: „Weißt du, sie ist eine alte Bekannte. Sie kennen sich von früher. Sie ist sehr nett. Sie hat mir einen Panda gekauft. Mama, was hast du?"

Sie horchte Christina systematisch aus und brachte vor Gericht vor, dass Martin das Kind am Sonntag um fünf Uhr morgens wecke und ins Auto packe, um die Geliebte gemeinsam zum Flughafen zu bringen. Als ob es keine Taxis gäbe in der Stadt! Sie bekam Recht. Sie erzählte Christina immer wieder, dass Violenta Schuld an der Trennung von Martin sei. Bald weigerte das Kind sich, sie zu sehen. Nach seinem Vater fragte es noch manchmal.

Das Treffen

Nach Monaten erst hatte Klara einem Treffen mit Martin zugestimmt. Christina war es in der Schule immer schlechter gegangen. Die Lehrerin hatte Klara zu einem Gespräch gebeten: Das Kind habe große Probleme, sich zu konzentrieren, sei abwesend und in sich gekehrt. Wenn keine Veränderung eintrete, würde es das Schuljahr nicht positiv abschließen können. Was denn los sei in der Familie?

Klara war sehr peinlich, dass sie zu weinen begann. Die Lehrerin, eine hagere Frau in ihren Fünfzigern, war ihr nicht sympathisch.

„Ich versuche, mit ihr zu üben", sagte Klara, „aber wir streiten viel."

„Und der Vater?", fragte die Lehrerin.

„Der will sie nicht sehen."

„Sie müssen mit ihm reden", sagte die Lehrerin. „Beide Elternteile sind sehr wichtig für die Kinder in diesem Alter. Eigentlich in jedem Alter."

Noch auf der Heimfahrt ärgerte sie sich über die betuliche Art der Frau. Sich derart in ihr Leben einmischen zu wollen, eine Unverschämtheit! Christina würde ohnehin bald die Schule wechseln. Klara plante einen Umzug. Es war ihr unerträglich geworden, in der ehemals gemeinsamen Wohnung zu leben. Jedes Ding erinnerte sie an Martin, aber sie war unfähig, etwas an der Einrichtung zu ändern. „Mach doch das Schlafzimmer zum Wohnzimmer und Martins Arbeitszimmer zu Christinas Zimmer", sagte Renate.

Aber es gelang Klara nicht einmal, den Ohrensessel zu verschieben oder neue Vorhänge auszusuchen. Das halbleere Bücherregal fletschte sie mit lückigem Grinsen an wie ein Totenschädel.

„Martin zahlt dir einen Großteil der Miete", sagte Renate, „nur, damit Christina in ihrer gewohnten Umgebung bleiben kann. Andere Frauen müssen ausziehen, weil sie kein Geld für die Miete haben, und du jammerst."

„Ich jammere nicht", sagte Klara, „ich heule mir die Augen aus dem Kopf. Du weißt ja nicht, wie sich das anfühlt. Du baust mit einem Menschen ein Leben auf und auf einmal ist er ein anderer. Ist mit der Axt hinter dir her wie der Verrückte in Shining."

„Du übertreibst", sagte Renate.

Der Ring

Klara hatte lange überlegt, was sie zu dem Treffen mit Martin anziehen sollte. Das grüne Kleid? Nein, keinesfalls etwas, das er ihr geschenkt hatte. Die neuen Jeans passten ihr gut. Größe 38, das hatte sie seit der Geburt von Christina nicht mehr getragen. Sie hatte zehn Kilo abgenommen, ohne das Gefühl zu haben, weniger zu essen.

„Du hast ja gar keinen Bauch mehr", hatte Astrid zu ihr gesagt. Ausgerechnet in der Yogastunde, beide Beine über Kopf im Schulterstand. „Da ist nichts, kein Fett", flüsterte Astrid ihr zu. „Nicht den Kopf drehen in dieser Position, das ist sehr gefährlich für den Nacken", sagte die Yogalehrerin.

Die blaue Seidenbluse war eindeutig zu elegant. Er sollte bloß nicht glauben, dass sie sich schön machte für ihn. Außerdem trafen sie sich am Nachmittag, im Kaffeehaus. Nach dem Debakel mit ihrer Hand wollte er sich nur noch in der Öffentlichkeit mit ihr treffen. Und sie hätte ihn ohnehin keinen Schritt in ihre Wohnung machen lassen nach dieser Sache. Also ins *Café Langenscheit*. Mit dem verbanden sie beide keinerlei Erinnerungen. Martin hatte zuerst das *Nordwind* vorgeschlagen, in dem sie am Anfang ihrer Beziehung oft gesessen waren. Aber das hatte sie abgeschmettert. Da ging er jetzt sicher mit Violenta hin.

Sie war sehr aufgeregt und froh, von ihrer Therapeutin beraten worden zu sein: „Immer bei der Sache bleiben", hatte die gesagt. „Es geht um Christina und sie beide als Eltern. Nicht an alte Wunden rühren. Sprechen Sie über die Zukunft."

Sie bemühte sich, zu spät zu kommen. Ihre Pünktlichkeit hatte sich in den letzten Jahren verstärkt. An den Flughafen musste sie jetzt schon drei Stunden vor Abflug fahren, auch wenn sie nur mit Handgepäck reiste. Sie wollte keinesfalls dasitzen und auf ihn warten. Trotzdem war sie schon wieder fünfzehn Minuten zu früh dran. Sie bemühte sich, mindestens eine Minute lang in jede Auslage in der Fußgängerzone zu schauen und bis zwanzig zu zählen, bevor sie den nächsten Schritt machte.

Er saß schon da, als sie das Café betrat. Sie tat so, als hätte sie ihn übersehen, und blieb im Eingangsbereich stehen. Er sollte nicht sehen, wie erleichtert sie war. Sie hatte noch immer diese Geschichte im Kopf. Renate hatte ihr die erzählt, von dem Mann, der seine Exfrau bei der ersten geplanten Aussprache nach Monaten hatte sitzen lassen, „weil das Wetter so schön war". Er hatte es vorgezogen, eine Bergwanderung zu machen. Mit der Neuen.

Aber Martin war da. Er sah gut aus, hatte sicher zehn Kilo abgenommen und winkte ihr über die Köpfe der anderen Gäste hinweg zu. Fröhlich wirkte er, sie hätten alte Bekannte sein können, wie er ihr die Jacke abnahm und ihr den Stuhl anbot. Hoffentlich gab er ihr jetzt keinen Kuss auf die Wange. Tat er nicht. Sie bestellten Kaffee. Nur keinen Alkohol trinken, so hatte sie sich vorgenommen. Kühles Herz bewahren.

Aber der Kaffee war kaum am Tisch, da sah sie den Ring an seiner Hand.

Er trug einen neuen Ring. Billig sah er aus und nach Kunsthandwerk. Gar nicht sein Stil. Sie waren noch nicht einmal geschieden, und er trug schon einen anderen Ring.

„Was ist das?", fragte sie.

„Das? Nur eine Urlaubserinnerung", sagte Martin.

Richtig. Er war ja, als sie mit Christina auf Kreta war, Violenta nach Mallorca nachgeflogen. Von wegen alleine sein und nachdenken müssen!

Die Tränen schossen ihr in die Augen. Sie hielt ihm ihre Hand hin. Die Hand mit dem Ehering.

„Ich konnte wochenlang die Finger nicht bewegen", sagte sie. „Wenn der Nervenstrang durch gewesen wäre, wahrscheinlich gar nicht mehr. Ich konnte mir nicht einmal allein die Haare waschen. Du hast mich nie gefragt, wie es mir geht."

Bevor er etwas sagen konnte, sprang sie auf und zog sich den Ring vom Finger. Warf ihn vor ihm auf den Tisch und lief hinaus.

Die Zukunft

„Noch ein halbes Jahr, dann ist meine Zeit in Genf zu Ende", sagte Vio. „Wird auch höchste Zeit. Die Schweizer gehen mir schon ordentlich auf die Nerven. Wenn nicht der See so schön wäre. Und die Aussicht hinüber nach Évian. Im Herbst, wenn die Weinberge sich rot färben und darunter grün der See liegt, das ist schon fabelhaft. Im November ist es dann weniger schön, wenn sich der Nebel senkt und vor Februar nicht wieder abzieht." Sie lachte. „Aber da werde ich schon weg sein. Also Tokio? Jetzt haben wir eine zweite Chance."

Martin runzelte die Stirn. Sie saßen beim Marokkaner in der Akazienstraße. „Es wird bei Berlin bleiben", sagte er und tauchte die Falafelbällchen ins Hummus. „Ich geh nicht weg aus Berlin."

„Wegen Christina?", fragte Vio.

„Ja", sagte Martin, „nur wegen Christina."

„Du weißt, dass ich mich arrangiert habe", sagte Vio. „Es war okay in der winzigen Wohnung, das Kind dauernd auf deinem Schoß und selbst nachts durften wir die Tür nicht zumachen. Ständig leise sein beim Sex. Das Kind wacht auf. Das Kind wacht auf. Super!"

„Du bist unfair."

„Aber jetzt, wo du sie sowieso nicht sehen darfst, unser ganzes Leben ausrichten nach ihr. Das finde ich schon übertrieben."

„Das ist nur eine Phase, weil das blöd gelaufen ist mit dem Besuchsrecht. Aber Jan ist ein Spitzen-

Anwalt. Der berät mich gut. Auf Dauer wird Klara nicht unterbinden können, dass wir uns sehen. Und dann will ich da sein für Christina."

„Gut, aber maximal vier Jahre", sagte Vio. „Ich ziehe nach Berlin zu dir, aber wir suchen uns eine größere Wohnung. Ist Schöneberg zu teuer geworden?"

„Wir werden schon was finden", sagte Martin. „Ich kenn da einen, Max heißt er, ein schräger Vogel, aber Hausbesitzer. Ich will, dass Christina zu Fuß zwischen den Wohnungen hin- und herkann. Das schränkt den Radius schon ein. Aber wir finden was."

„Mit zwei Kinderzimmern", sagte Vio.

Er verstand nicht gleich.

„Bist du schwanger?"

„Noch nicht", sagte sie.

Der Schmerz

Klara wusste, sie hätte es nicht ausgehalten ohne Christina. Die Wochenenden allein, niemals. Erst jetzt war ihr aufgefallen, dass sie die letzten Jahre nur mehr mit Paaren mit Kindern befreundet gewesen waren. Man kannte sich aus der Kita, vom Spielplatz oder aus dem Schulchor, zu dem man die Kinder brachte und wieder abholte. Dazwischen ging man auf einen Caffè Latte und besprach nachmittagsfüllend die Schwächen derer, die gerade nicht dabei waren.

Andere Freundschaften hatte sie vernachlässigt. Alte Freunde waren in andere Städte gezogen oder hatten sich für Hunde statt Kinder entschieden. Selbst Astrid war ihr nicht mehr so nahe wie früher. Wahrscheinlich, weil die kein Kind hatte und sich nur bedingt für Legasthenie-Nachhilfegruppen interessierte. Alle übrigen aber waren Paare mit Kindern. Die Klara jetzt nicht mehr zum Abendessen einluden. So, als sei „Scheidung" eine ansteckende Krankheit, die sie in deren Wohnung hätte einschleppen können.

Sie bedauerte Renate. Alle Frauen aus der alten Clique trafen sich mit ihren Kindern zum Ostereier-Bemalen. Nur Renate saß alleine dabei. Ihr Sohn hatte gerade „Papawochenende". Man sah ihr an, dass sie litt. Während die anwesenden Kinder ihre Mütter mit den frisch bemalten Eiern beschenkten, tröstete sie sich mit sieben Gläsern Prosecco. „Sie tut mir so leid", sagte Anna, als Renate gegangen war. „Warum kommt sie denn überhaupt?", fragte Elvira.

„Na, allein zu Hause sitzen ist wahrscheinlich noch trostloser", sagte Anna.

Das würde ihr nicht passieren, hatte sich Klara geschworen. Und sie hatte es durchgezogen: Wochenenden bei Papa gab es nicht. Christina war jedes Wochenende bei ihr. Und jeden Wochentag auch. Einmal hatte Martin Christina trotz Klaras Verbot vom Kinderladen abgeholt, aber das hatte sie mit einem Anwaltsschreiben sofort abgestellt. Bis auf Astrid, die sie manchmal zu Hause besuchen kam, nachdem sie Christina zu Bett gebracht hatte, sah sie niemanden mehr von den alten Freunden. Aber einsam war sie nicht. Sie hatte ja Christina.

Auch der Kontakt zu Martins Mutter war schnell abgebrochen. Sie hatte ihnen sehr geholfen, als Christina ein Kleinkind gewesen war, hatte ihnen Urlaube zu zweit ermöglicht und war auch kurzfristig eingesprungen, wenn die beiden einmal spontan ins Kino gehen wollten. Aber dass sie Violenta sofort bei sich zu Hause als Gast begrüßte, hatte Klara Helga nicht verziehen.

Er war noch nicht einmal bei ihr ausgezogen gewesen, als Martin die neue Frau schon zu seiner Mutter brachte. Natürlich war Helga neugierig. Für Klara ein Affront gegen ihre Person. So, als sei sie nie mehr als Schwiegertochter gewesen. Ab dem Moment, als der die neue Frau ins Haus brachte, war sie für die Schwiegermutter uninteressant geworden und bestenfalls noch Ansprechpartnerin, was das Enkelkind betraf.

Auch Helga also, das hatte Klara schnell beschlossen, würde Christina nicht wiedersehen.

Der Kinderwunsch

Sie hatte sich strikt an die Anweisung auf der Verpackung gehalten. War vor Martin aufgestanden und verwendete den Morgenurin, weil die Hormonkonzentration darin am höchsten war. Sie hielt den Teststreifen in den Becher und legte ihn auf die Tischplatte. Sie war sehr aufgeregt. Einmal schon war sie in dieser Situation gewesen. Sie dachte nicht gern daran zurück. Vor allem nicht an das, was danach geschehen war.

Aber jetzt war alles anders. Sie wollte schwanger werden und sie würde es werden. Vielleicht klappte es nicht gleich. Das Pendeln hatte sie angestrengt, und dass sich Martin so sehr in seine Auseinandersetzung mit Klara verwickelte, war der Sache auch nicht dienlich. War sie in Stimmung, redete er gerne über Christina und wie sehr er sie vermisse. „Komm, wir machen ein neues Baby", hatte sie einmal zu ihm gesagt. Sein Blick hatte sie sofort zum Schweigen gebracht.

Aber jetzt war sie zuversichtlich. Ihr Zyklus war regelmäßig wie ein Uhrwerk. Wenn sich da etwas verschob, das musste etwas bedeuten. Innerhalb von längstens zwei Minuten sollte sich der Strich in dem Sichtfenster zeigen. Aber da war nichts.

Gewiss, sie war schon Ende dreißig. Aber das war doch kein Alter. Manche ihrer Kolleginnen hatten mit Mitte vierzig das erste Kind bekommen. Bei genauerer Überlegung war sie nicht mehr sicher, ob dieses auf natürlichem Weg gezeugt worden waren. Die Leute sprachen in der Regel ja erst über In-vitro-Fertilisation, wenn auf andere Weise keine Schwangerschaft zustande kam. Und sie hatte in Gesprächen immer deutlich gemacht, dass das Kinderthema sie nicht interessierte. Das hatte sich geändert.

Schon eine Minute dreißig Sekunden und da war noch immer kein Strich. Vielleicht ist es eine Strafe, dachte sie. Eine Strafe, weil ich das andere Kind nicht wollte, weil ich mich gegen das Kind entschieden habe. Aber was heißt Kind? Das war kein Kind gewesen, sondern ein Hormonstatus. Und ein Fehler. „Don't fuck the office." Dieser Meinung war sie immer treu geblieben. Der Erzeuger völlig unpassend, ein Flirt, nicht mehr und nicht weniger. Keinerlei Schulbildung, ein Reitlehrer in der Camargue. Was für ein Klischee. Schlechter hätte man es nicht erfinden können. Natürlich hatte sie ein Kondom verwendet. Aber es war geplatzt.

Sie hatte mit niemandem darüber gesprochen. Schon gar nicht mit ihm. Sich einen Termin ausgemacht, ohne zu lange darüber nachzudenken. Sie war nicht religiös. Eben deshalb: Strafe! So ein Blödsinn! Sie hatte verantwortungsbewusst gehandelt.

Verantwortungsbewusst gegenüber sich selbst und gegenüber diesem ungeborenen Kind. Als Alleinerzieherin in exotischen Ländern leben, das Baby in eine internationale Krabbelstube stecken und nachmittags von einer Nanny bespielen lassen. Das hatte sie selbst erlebt – es hatte ihr nicht geschadet. Warum hatte sie das Gleiche für ihr Kind nicht gewollt? Sie hatte damals nicht weiter darüber nachgedacht.

Und jetzt – waren die zwei Minuten längst vorbei und noch immer zeigte sich kein Strich in dem Sichtfenster. Als sie am nächsten Tag das Blut in ihrer Unterhose sah, fing sie an zu weinen.

Berlin

Er war sich nicht sicher, ob er sich über die Tatsache freute, ein Kind zu bekommen – oder über ihre Freude. Vio strahlte. Sie umarmte und küsste ihn. Sie war ausgelassen und sprang in der Wohnung herum wie ein Welpe. „Da wird die Wiege stehen, gleich beim Fenster. Oder glaubst du, da ist es zu sehr der direkten Sonne ausgesetzt? Blödsinn, am Anfang schläft es ja bei uns im Bett."

Er hatte kaum mit ansehen können, wie sie sich in den letzten Monaten gequält hatte. Ihr ganzes Leben hatte sie auf das Ziel ausgelegt, endlich schwanger zu werden. Sich besonders gut ernährt, auf Alkohol gänzlich verzichtet, seltsame Tees aus dem Bioladen angeschleppt. Als sie anfing, auch seine Ernährung umzustellen, war seine Sorge an manchen Tagen in Genervtheit gekippt. Ja, er war einverstanden gewesen, ein Kind zu bekommen. Anders als bei Klara hatten sie erst darüber gesprochen. Und dann hatte es nicht geklappt. Jetzt also doch.

Anders als für Vio war es für ihn das zweite Kind. Er wusste schon, dass sich mit einem Neugeborenen manches anders entwickelte, als man es geplant hatte. Er war nicht begeistert, dass sie schon Monate vor dem Geburtstermin Babysachen einkaufte. In Rosa und in Hellblau. Sie wussten ja noch nicht, welches Geschlecht das Kind haben würde.

Er hätte seiner sonst immer streng rational agierenden, intellektuellen Freundin diesen Überschwang nicht zugetraut. Damals, mit Klara, hatten sie einige Wochen nach der Geburt zwei große Kartons mit gebrauchten Babysachen von Freunden abgeholt. Die hatten einen Jungen. Aber das war Klara egal. Christina sah sehr süß aus in dem grün-orangen Strampelanzug.

Christina. Es ging ihr nicht gut in der Schule und nur mit anwaltlicher Hilfe hatte Martin verhindern können, dass Klara sie in einer Alternativschule am anderen Ende der Stadt anmeldete. „Warum bekommt sie nicht schon längst Nachhilfe?", fragte er Klara am Telefon. „Ich zahle das. Nein, ich organisiere das auch. Lass mich das organisieren. Ja, ich zahle es auch."

Sehen durfte er seine Tochter trotzdem nicht. Klara wollte sich an ihm rächen.

Und jetzt noch ein Kind. Wie würde Klara auf die Nachricht reagieren? Wobei, schlimmer konnte ihr Verhältnis kaum werden. Sie kommunizierte nur schriftlich und über ihre Anwältin mit ihm. Rief er sie nicht mit unterdrückter Rufnummer an, ging sie nicht ans Telefon. Hörte sie seine Stimme, legte sie meist gleich auf. Ab und zu gab sie den Hörer weiter an Christina, nicht ohne einen bissigen Kommentar: „Da, dein Vater, der uns verlassen hat."

Und jetzt noch ein Kind. Der Beginn ihrer Elternschaft würde sicher anders werden. Sie war ja geplant, und sie beide waren einander seit ihrer Studienzeit vertraut – nicht so wie mit Klara, die er erst im Laufe ihrer Beziehung kennengelernt hatte. Dafür, dass sie einander zwei Fremde gewesen waren, hatte ihre Ehe erstaunlich gut geklappt. Anfangs jedenfalls.

Er erinnerte sich, wie sie an Silvester auf die Insel gefahren waren. Wie immer waren sie sehr knapp dran, um die Fähre noch zu erreichen, was Klara – wie immer – ärgerte. Trotzdem überwog die Erleichterung: Die Fähre noch im Hafen, die anderen Freunde schon da. Massen von Gepäck, die aus den Autos an den Ableger geschleppt wurden. Und Proviant: Einmal war ihnen ein ganzes Fass Bier ins Hafenbecken gerollt. Waren erst alle auf dem Schiff, bestellten sie Fischbrötchen, die auch Christina sehr schmeckten, obwohl sie erst vier Zähne hatte: zwei oben, zwei unten. „Sie isst auch die Zwiebelringe", sagte Martin. „Na, wunderbar", sagte Klara.

Später schoben sie abwechselnd stundenlang den Kinderwagen gegen den Sturm durch die Heide. Die Freunde hatten alle noch keine Kinder und so musste Klara manchmal auf eine Pause drängen, um in einer Gastwirtschaft das Baby zu stillen. Erst Jahre später war Martin der Gedanke gekommen, dass das vielleicht anstrengend für sie gewesen war. Für ihn fühlte es sich mühelos und richtig an.

Alltag

Damals hatte sie ihm nicht geglaubt. Als ihre Liebe ganz frisch war, in jenem ersten Sommer, waren sie in das Schwimmbad gefahren, das über der Stadt zwischen Föhren thronte. Das Becken: eine Enttäuschung. Zu klein, stark gechlort, überfüllt. Aber die Aussicht! Ins Waldbad fuhr man wegen der Aussicht. Von der Liegewiese aus den Blick über die Stadt gleiten lassen. Häuser, die sich in der Ferne mit einem Blinzeln im Dunst verlieren. Auf den Holzpritschen dösen. Nichts Schöneres hätte Vio sich in diesem Augenblick vorstellen können, als hier, im Halbschatten, neben ihm zu liegen.

„Irgendwann wirst du nicht mehr neben mir liegen wollen", sagte er, „wahrscheinlich schon bald."

Sie setzte sich auf: „Wie meinst du das?"

„Genau wie ich es sage", sagte er und stützte sich auf die Unterarme. „Bald wirst du einen möglichst großen Abstand zwischen uns bringen wollen."

„Warum sagst du denn so was?", sagte sie und lachte, wuschelte ihm durch die Haare und drückte ihn auf die Liege zurück. Legte ihren Kopf in seine Armbeuge, küsste ihn auf die Brust. „Ich werde immer gerne bei dir sein. Das ist gar nicht anders möglich."

Daran musste sie jetzt oft denken, wenn ihr seine Nähe körperliches Unwohlsein bereitete. Im Auto, viel zu nah, im Bett, viel zu nah, am Küchentisch, viel zu nah. Wie ein Fluch hatten sich seine Worte bewahrheitet. Sie wachte auf und er war schon wieder neben ihr, noch immer, jeden Morgen. Der größte Luxus, wenn er das Kind nahm und sie ausschlafen konnte, alleine aufwachte. Das Fenster öffnete und die frische Luft hereinließ, Luft, die nur sie alleine atmete. Nicht wie die verbrauchte Traumluft, die in der Früh schwer im Zimmer lag. Auf einmal ekelte sie die Vorstellung, die Luft eingeatmet zu haben, die aus seinem Mund geströmt war, die schon eine Runde durch seinen Körper hinter sich hatte, Second-Hand-Luft.

Sogar beim Schwimmen war er ihr zu nah. Nicht im kleinen Becken des Waldbades, da gingen sie schon lange nicht mehr hin. Es war gänzlich kleinkindungeeignet. Einem Baby war die Aussicht egal. Und auch ihr war die Aussicht egal, solange das Kind nicht weinte und sie beide im warmen Wasser dümpelten. Also an den See, ohne Aussicht, aber mit einem flachen Kieselstrand.

Wenn sie, was selten der Fall war, gemeinsam im Wasser waren, weil eine Freundin ihnen ein paar Minuten auf das Baby schaute, schwamm er ihr ständig in den Weg. Stieß an ihr mit Armen oder Beinen an oder schwamm so nah, dass sie das Gefühl hatte, er könne das jeden Moment tun.

Sie schwamm von ihm weg, aber er beharrlich neben ihr her, wieder zu nahe kommend. Wie sehr wünschte sie sich in solchen Augenblicken die klaren Regeln eines Schwimmbeckens, die Markierungen einer Bahn, die ihn in die Schranken wiesen. Besser noch eine Absperrung aus Bojen, wie sie in Bädern

manchmal die Trainingsbahnen von den Allgemein-
schwimmern trennen.

Aber nein: Im warmen, grünen Wasser des Sees
kannte er keine Grenze. Wenn es ihr zu viel wurde,
machte sie ein paar schnelle Kraulzüge und ließ ihn
hinter sich. Sie schwamm besser als er, schneller, aus-
dauernder. Erst nach achtundzwanzig Kraulzügen
drehte sie sich auf den Rücken und ließ sich treiben.
Schaute in den Sommerhimmel, wolkenlos, wie Recht
er gehabt hatte.

Der Anruf

„Sie hat mich angerufen", sagte Martin.

„Wer?", fragte Vio?

„Klara."

„Das gibt es nicht." Vio strampelte sich aus den Kissen und sprang vom Sofa auf. „Was will sie?"

„Das Gespräch war kurz", sagte Martin. „Ihre Therapeutin hat sie überzeugt, dass für Christina der Kontakt zu mir gut ist. Sie will sich treffen, um zu besprechen, wie oft ich sie sehen darf."

„Wir", sagte Vio.

„Ja, wir", sagte Martin. „Jedenfalls treffen wir uns nächsten Dienstagnachmittag."

„Doch hoffentlich nicht bei ihr? Du weißt, wie das das letzte Mal ausgegangen ist. Du hast noch Glück gehabt, dass sie dich nicht angezeigt hat."

„Nein, natürlich nicht. Wo denkst du hin. Die Therapeutin hat empfohlen, dass wir uns im öffentlichen Raum treffen, vielleicht einen kurzen Spaziergang machen."

„Hmm", sagte Vio. „Warum nicht in einem Café?"

„Erinnere dich an die Geschichte mit dem Ring. Ihre Therapeutin sagt, gehen Sie. Gehen hilft. Da sitzt man sich nicht gegenüber. Muss einander nicht ins Gesicht schauen."

„Gut", sagte Vio, „aber nächsten Dienstagnachmittag geht nicht."

„Warum nicht?", fragte Martin.

„Weil ich da eine MRT habe", sagte Vio.

„Wann?", fragte Martin.

„Vierzehn Uhr", sagte Vio.

„Mist! Ausgerechnet."

„Warum fragst du mich nicht, bevor du einen Termin mit ihr vereinbarst?"

„Du, ich war so perplex, dass sie sich meldet. Seit zwei Jahren renne ich gegen eine Wand an, versuche alles, um mein Kind zu sehen. Und dann meldet die sich und bietet einen Termin an und ich sage: Nein, das muss ich erst mit Vio besprechen? Natürlich sage ich ja. Sofort. Zu allem. Wenn sie gesagt hätte jetzt gleich, wäre ich losgerast."

Vio: „Ist schon gut. Vielleicht kann ich den Termin verschieben. Aber die Hüfte wird nicht besser. Seit acht Monaten kann ich nicht trainieren gehen. Und schlafen auch nicht. Entweder ich wache auf, weil mir die Hüfte weh tut oder Philipp schreit. Schreit Philipp gerade nicht, tut mir die Hüfte weh und ich wache auf. Du kriegst von all dem ja nichts mit, weil du schläfst, während ich Philipp stille."

„Na, stillen kann ich ihn leider nicht. Ich hab dir doch schon tausendmal gesagt, still ab, dann kann ich ihm die Flasche geben, aber das willst du ja nicht."

„Nein, das will ich nicht. Du als Arzt solltest wissen, wie wichtig das fürs Immunsystem ist."

„Aber dann beklag dich nicht."

„Ich beklag mich nicht über Philipp, ich beklag mich über meine Hüfte."

„Dann geh zur MRT."

„Ja, das mach ich. Am Dienstag um vierzehn Uhr. Aber mitnehmen kann ich ihn da nicht."

„Nein. Wir fragen Heidemarie."

„Ich frage Heidemarie. Du hast ja nicht einmal ihre Nummer."

„Du hast den Aushang gemacht an der Uni: Suchen Babysitterin. Und dann fünfzig Studentinnen antanzen lassen und keine war dir recht."

„Doch. Heidemarie war mir recht."

„Ja, nachdem wir drei Monate niemanden hatten, weil dir keine recht war."

Vio ließ sich zurück auf das Sofa fallen. „Du, ich bin richtig erschöpft. Lass uns nicht streiten. Klara hat sich gemeldet, das ist doch ein Grund, sich zu freuen. Jetzt wird alles gut, du wirst sehen."

Er setzte sich zu ihr aufs Sofa und umarmte sie.

Am Steg

Sie bereute es gleich, dass sie eingewilligt hatte, sich von ihm abholen zu lassen. Martin hielt vor der Einfahrt in dem weißen Audi, ihrem Auto. Sie öffnete die Beifahrertüre, stieg ein und merkte, dass der Sitz verstellt war. Weiter hinten, mehr Fußraum. Violenta war größer als sie. „Hallo", sagte er, schaute Klara nicht an und fuhr los, ohne den Blinker zu setzen. Früher hätte sie ihn dafür gerügt. Aber mit welchem Recht jetzt? Dem der Exfrau. Seltsam, dass man freundlicher miteinander ist, wenn man sich nicht so nahe steht. Je näher, desto mehr Rüge: Fahr nicht so schnell, lass den rein in die Spur, warum kannst du dich nicht anschnallen, bevor du losfährst? Jetzt war er angeschnallt.

Am Rückspiegel baumelte ein Talisman. Der war neu. Ein Nazar-Amulett aus Glas, hellblau auf dunkelblauem Grund mit einer schwarzen Pupille. Das hatten sie sicher auf ihrer Marrakesch-Reise gekauft, von der er Christina eine Ansichtskarte geschickt hatte. Sie hatte nicht darauf unterschrieben, Violenta, nur er. Und trotzdem war ihre Anwesenheit spürbar gewesen in dem Weißraum neben seinem Namen.

„Das ist doch eine schöne Geste von ihm, dass er seiner Tochter schreibt und ihr zeigt, dass er an sie denkt", hatte Astrid gesagt, aber sie hatte nur den Affront gesehen, dass er mit ihr dort gewesen war, seiner Geliebten, und nicht mit ihnen, seiner Familie. Sie hatte die Karte nicht gelesen. Das Kind konnte ja selbst lesen, Gott sei Dank. Und er hatte extra in

Blockschrift geschrieben, so viel hatte sie gesehen auf den ersten Blick.

Ein Fehler, sich von ihm abholen zu lassen zu dem Spaziergang. Das wurde ihr noch deutlicher, als sie im Rückspiegel das Baby sah, Philipp, in seinem Kindersitz. Zufrieden schlafend, entspannt das Gesicht unter der weißen Strickhaube. Er hatte ihr nicht gesagt, dass er ihn mitbringen wollte. Anfangs dachte sie noch, dass sie das schaffe.

„Du musst dich endlich den Tatsachen stellen", sagte Astrid im *Elefant* zu ihr. Sie war Jahre nicht mehr dort gewesen, hatte alle Orte ihrer gemeinsamen Geschichte mit Martin gemieden. „Er hat jetzt ein Kind mit einer anderen. Vielleicht geht das endlich in dein Hirn, wenn du es vor Augen hast und nicht immer ausweichst. Seit fast zwei Jahren läufst du davon, weichst allen Situationen aus, und führst einen Kampf, den du nicht gewinnen kannst. Er kommt nicht zu dir zurück. Ihn zu erpressen, indem du ihm Christina vorenthältst, ist nicht fair, das weißt du. Und es ist eine Sünde gegen dein Kind, ihm seinen Vater vorzuenthalten. Er hat dich verlassen wegen einer anderen, der Mistkerl. Sieh das endlich ein."

Jetzt hatte sie die Folge seines Treuebruchs vor Augen, das neue Kind. Sie überlegte, in dem noch fahrenden Auto die Tür aufzureißen und hinauszuspringen. Keine Sekunde länger konnte sie das aushalten. Nur bis zur nächsten roten Ampel wollte sie es schaffen, musste sie es schaffen. Alles gut, es ist alles gut, sie würde mit Chris einfach an der nächsten Ampel aussteigen.

„Danke, dass du eingewilligt hast", sagte er, ohne den Kopf zu wenden.

„Hast du einen Kaugummi?", fragte sie. Kauen hatte sie beruhigt, schon in der Schule.

„Im Handschuhfach."

Sie wagte nicht, es zu öffnen, aus Angst, was sie darin entdecken würde. Violentas Sonnenbrille? Einen Einkaufszettel für deren Abendessen mit Martin? Die Straßenkarte von Krakau, wo sie gemeinsam gewesen waren. Auch von da eine Ansichtskarte. Sie schaffte das nicht.

Wieder ein Blick in den Rückspiegel. Sie war erleichtert, dass er ihr nicht ähnlich sah. Christina hatte ganz anders ausgesehen als Baby. Heller. Goldenen Flaum an den Schläfen. Im Schlaf saugte Philipp an einem imaginären Schnuller, den er längst ausgespuckt hatte.

„Warum hast du ihn mit", fragte Klara.

„Vio hat eine MRT, Babysitter ausgefallen. Wir sind gleich da", sagte Martin. „Ich dachte, da können wir ein paar Schritte gehen. Wir haben zwei Stunden, bis er wieder gestillt werden muss."

Bei dem Gedanken an Violentas Brust stieg Übelkeit in ihr auf. „Du, ich weiß nicht, ob das eine gute Idee war."

„Was meinst du?", sagte er.

„Uns zu treffen."

„Aber du hast es doch vorgeschlagen", sagte er und sah sie von der Seite an, während er in den Parkplatz einbog.

„Die Therapeutin hat gesagt, sie findet es gut, wenn wir persönlich sprechen. Du weißt, dass ich das nur wegen Christina mache?"

Er nickte. „Ja. Danke."

Das hatte sie immer an ihm bewundert: dass er sich bedanken konnte. Und entschuldigen. Zugeben, wenn er einen Fehler gemacht hatte, das war ihm immer leichtgefallen. Was die Fehler nicht besser machte. „Es tut mir leid, dass ich dich so kränke", hatte er gesagt. Aber nicht aufgehört, sie zu kränken.

„Ich muss sie sehen", hatte er gesagt, „es tut mir leid."

„Hör doch auf damit", hatte sie gesagt, „dann muss es dir nicht leid tun. Hör doch endlich auf!" Aber er hatte nicht aufgehört. Und jetzt hatte er ein Kind mit Violenta, Philipp, der noch immer schlief, auch als Martin den Motor abdrehte.

Sie blieben wortlos sitzen. Sie sagte: „Jedes zweite Wochenende. Du kannst sie jedes zweite Wochenende einen Nachmittag lang sehen. Ich werde unten an der Türe warten. Ich will nicht, dass du in die Wohnung kommst."

Er sagte: „Wie werden rodeln gehen gleich nächste Woche. Auf der Wiese am Teufelssee liegt noch genug Schnee."

Sie schwieg. Das Baby erwachte von dem fehlenden Fahrgeräusch und öffnete die Augen. Blau. Natürlich. Wie alle Babys. Leicht verschwitzt in dem hellblauen Strampelanzug aus Fleece.

Martin stieg aus, ging zum Kofferraum, packte den Kinderwagen und klappte ihn in einer routinierten

Handbewegung auf. Die gleiche Bewegung, aber ein anderer Kinderwagen. Sie rührte sich nicht, während er Philipp vorsichtig aus seinem Kindersitz nahm.

„Kommst du?", fragte er.

Sie fühlte sich wie gelähmt, wollte für immer in diesem Auto sitzen bleiben auf diesem Parkplatz und nichts entscheiden. Nie mehr.

„Klara, komm jetzt."

Sie öffnete die Tür und stieg aus. Er hatte das Baby schon in den Kinderwagen gepackt.

„Komm, im Gehen redet es sich leichter", sagte er und bog in den vertrauten Pfad neben dem Fluss ein. Es hatte leicht geschneit und der Schnee blieb auf dem unasphaltierten Weg liegen. Hin und wieder hakte das Rad des Kinderwagens an einem Kieselstein. Es waren kaum Spuren im Schnee, der eisige Wind hielt Spaziergänger ab. Früher waren sie hier oft mit Christina hergekommen, um die Schwäne zu füttern. Um diese Zeit des Jahres waren auch die jungen schon fast ganz weiß, nur einzelne braune Federn in ihrem Gefieder erinnerten daran, wie hässlich sie gewesen waren.

Martin hatte Angst vor Schwänen, weil ihn einmal einer attackiert hatte, als er ein kleiner Junge war. Aug in Aug mit dem Monster, wie er erzählte, das den Schnabel weit aufgerissen und fauchend mit abgespreizten Flügeln auf ihn zugeschossen kam, war er davongerannt. Aber so ein Schwan ist schnell. Also musste immer sie mit dem Kind die zwei Stufen hinunter auf den Holzsteg treten, um den Schwänen das trockene Brot zuzuwerfen, während er in sicherer Entfernung eine Zigarette rauchte.

Jetzt rauchte er nicht mehr, „wegen Philipp". So, als sei rauchen früher weniger schädlich gewesen, als Christina ein Baby war.

„Weißt du noch", setzte sie an, brach aber ab, als sie sein Gesicht sah.

„Aber wäre es nicht gescheiter, wenn Christina nach dem Rodeln gleich bei uns bleibt über Nacht und ich bringe sie dir am Sonntagvormittag vorbei?"

Sie hielt die Luft an: Verstand er gar nichts? Wie sie sich anstrengte, ihm Christina zu überlassen, und dann gleich „uns". Nicht nur Christina nicht bei sich haben, sondern sie in einem anderen „uns" zu wissen, dort sie jauchzen zu sehen bei der Fahrt den Hang hinunter auf dem Schlitten vor ihrem Vater. Dann die roten Finger wärmen in der Gasthausstube, wo sie sitzt mit dem Baby und der anderen Frau. Und Christina bekommt eine Cola, wenn sie brav ist – und sie ist ja immer brav.

„Nein, einen Nachmittag lang. Nicht länger, so ist es ausgemacht. Wenn das gut klappt und sie nicht weint bei der Übergabe, können wir in einem halben Jahr über eine Übernachtung reden. Vielleicht." Sie sah, wie sein Gesicht hart wurde, und verstand: Er hatte gedacht, er könne sie überreden, verhandeln, jetzt wo nach zwei Jahren der erste Schritt getan war. „Du willst schon wieder die ganze Hand", sagte sie und trat die zwei Stufen hinunter auf den Steg, hinter dem zwei Schwäne im langsam fließenden Wasser ruhten.

„Ich verstehe dich nicht", sagte er. „Sie wird es gut haben bei uns. Die Zeit wird verfliegen. Kaum hat sie sich gewöhnt, muss sie schon wieder weg. Du bist grausam."

„Mir wirfst du Grausamkeit vor?", fragte sie und starrte ins trübe Wasser, über dem sich nur in Ufernähe ein zarter Eisfilm gebildet hatte. Sie kramte in ihrer Manteltasche nach einem Taschentuch, hatte aber keines dabei.

„Wie hast du uns das alles antun können?", fragte sie hinaus auf den Fluss.

„Du hast mich ja hinausgeworfen. Ich bin nicht gegangen."

„Ich hatte keine andere Wahl, nachdem du monatelang keine Entscheidung getroffen hast", sagte sie und äffte ihn nach: „Beides, ich will beides. Warum muss ich mich entscheiden?"

„Hör sofort auf, Klara", schrie er, aber sie hörte nicht auf: „Natürlich liebe ich sie, aber ich liebe euch auch", säuselte sie, „wie erbärmlich du warst, nicht auszuhalten, nicht mit anzusehen."

Er machte einen Schritt auf sie zu, packte sie von hinten an der Schulter, rüttelte sie: „Hör auf!" Da drang schon das Schluchzen aus ihrer Kehle und sie fauchte Tränen. „Entschuldige", sagte er und „nicht weinen".

Aber da weinte auch das Baby im Wagen mit ihr. Und er beugte sich hinunter zu ihm, ganz liebender Vater, und macht „sch sch". Und versuchte es zu beruhigen, aber es beruhigte sich nicht, sondern verfiel in ein zorniges, spitzes Schreien. Also nahm er es aus dem Wagen, kramte mit einer Hand nach dem Schnuller. „Kannst du ihn für einen Augenblick halten?", fragte er und drückte ihn ihr in den Arm, noch bevor sie „Nein!" rufen konnte.

Und das Kind war glühend in ihren Händen, siedend heiß, obwohl die Luft kalt war und der Wind ihr Tränen in die Augen trieb. Also sah sie nur verschwommen, wie es ihr mit einem Satz aus den Armen sprang zu den Schwänen. Mit weit aufgerissenen blauen Augen und einem roten Gesichtchen, weil es ja so heiß war, das Kind, rotglühend. Und fiel zischend ins Wasser wie ein Stück Blei. Und Martin, über den Wagen gebeugt, drehte sich erst um bei dem Platsch und sie sah sein ungläubiges Gesicht.

Und die Schwäne flogen auf, nein, nur der eine, der andere ging zur Attacke über, während das Kind im hellblauen Fleece im braunen, langsam fließenden Wasser verschwand. Martin war mit einem Schritt an der Kante und sprang ins Wasser, wo kein Hellblau mehr war, nur noch Braun. Und Klara erinnerte sich nicht, wie er den Schwan vertrieben hatte und gestanden war in dem brusthohen Wasser und wieder und wieder untergetaucht und aufgetaucht mit leeren Händen. Es war unmöglich, dass sie zu der Gastwirtschaft gelaufen war, um die Feuerwehr zu rufen, aber die Polizei sagte, sie habe es getan.

Die Nachricht

Warum klingelte Martin, wenn er doch einen Schlüssel hatte? Vielleicht brauchte er Hilfe mit Philipp und dem Kinderwagen. Sie öffnete die Wohnungstür und sah die zwei Polizisten, die mit Martin gekommen waren. Ihr Blick streifte die beiden und blieb auf Martins Gesicht haften. Sie wich einen Schritt zurück.

„Dürfen wir hereinkommen?", fragte der eine, während Martin an ihm vorbei auf sie zutrat und sie in die Arme nahm.

„Vio, Liebes", sagte er.

Die Beamten folgten ihm in die Wohnung. „Dürfen wir uns setzen?", fragte der andere mehr zu Martin, als zu Violenta gewandt. Und: „Schenken Sie Ihrer Frau bitte ein Glas Wasser ein. Frau Wolf, Ihr Sohn ist tot."

Martin versuchte, Violenta auf einen Stuhl zu ziehen, aber sie wehrte sich und schrie: „Wo ist Philipp? Wo ist Philipp?" Sie entwand sich Martins Armen, rannte zur Garderobe und riss Mantel und Schal an sich.

„Nicht", sagte Martin.

Der eine Polizist trat an Violenta heran und versperrte ihr den Weg. „Frau Wolf, bitte", sagte er. Aber sie fuhr ihn an: „Was ist mit Philipp? Wo ist er?" Dann, mit einem Mal, gaben ihre Beine nach und sie fiel hintüber. Hätte der Polizist sie nicht gehalten, sie wäre mit dem Kopf auf den Boden geschlagen.

Martin half ihm, Violenta auf das Sofa zu legen. Der zweite Beamte fragte: „Sanitäter?", aber der andere schüttelte den Kopf.

Als Violenta wieder zu sich kam, schrie sie nicht mehr. Martin hatte ihren Kopf auf seinen Schoß gebettet und gab ihr das Glas Wasser. Sie zitterte so stark, dass sie es nicht halten konnte.

„Versuchen Sie bitte, einen Schluck zu trinken", sagte der Polizist.

Violenta schloss die Augen.

„Er ist ertrunken", sagte der Polizist, „wir ermitteln, weil Fremdverschulden nicht auszuschließen ist."

„Klara", sagte Violenta.

„Ihr Sohn ist ins Wasser gestürzt, Ihr Mann ist sofort nachgesprungen, hat ihn aber aufgrund der Strömung und des trüben Wassers nicht retten können. Die Feuerwehr und die Wasserrettung sind zur Stunde noch im Einsatz."

„Ich will sofort zu ihm", sagte Violenta und versuchte wieder sich aufzurichten.

„Wir werden alles tun, um Ihr Kind zu finden", sagte der Beamte.

„Dann ist Hoffnung?", fragte Violenta.

„Leider nein", sagte der Polizist. „Das Wasser hat neun Grad. Wir können nur versuchen, Ihr Kind tot zu bergen."

„Nein! Nein! Nein!", schrie Violenta. Sie stieß Martin von sich, sprang auf und prallte dabei gegen den Tisch. „Nein! Nein! Nein! Nein! Nein!"

Der eine Polizist nickte dem anderen zu und sprach etwas in sein Funkgerät. Fünf Minuten später war der Sanitäter da. Als Martin die Tür öffnete, begann er zu weinen.

Die Trauergruppe

Ein Grab für ihr Kind. Violenta hatte es schon geahnt, aber seit sie die Trauergruppe besuchte, war sie sicher: Sie wollte ein Grab für Philipp. Einen konkreten Ort, an dem sie um ihn trauern konnte. Dass sie ihn nicht mehr hatte sehen, nicht mehr in den Armen hatte halten können, brachte sie fast um den Verstand.

Tagelang hatten die Taucher nach ihm gesucht, dann war der Einsatz abgebrochen worden. Sie konnte sich nur undeutlich an die erste Zeit danach erinnern, sie war unter Beruhigungsmittel gesetzt worden, hatte geschlafen oder geweint. Ein Begräbnis hatte es nie gegeben. Das letzte Foto, das sie von Philipp besaß, zeigte ihn lachend, Martin über den Kinderwagen gebeugt.

Martin. Er versuchte alles, um sie zu trösten. Er ging mit ihr in die Trauergruppe, weinte mit ihr und hatte sich frei genommen, um sie mit einer Reise abzulenken. Das hatte sie abgelehnt. Sie schaffte es ja an manchen Tagen nicht, aus dem Bett zu kommen. Die Trauergruppe half ihr sehr. Nur Menschen, die Ähnliches erlebt hatten, konnten nachvollziehen, wie es ihr ging. Den Trost der anderen, ihrer Eltern, die aus den USA angereist waren, ihrer Freundinnen aus der Stillgruppe, all der anderen, die ihr einmal nahe gewesen waren – sie konnte ihn nicht ernst nehmen. Er erreichte sie nicht.

Nur in der Trauergruppe erfuhr sie Linderung. Man solle die Trauer nicht wegschieben, sondern präsent machen, hatte ihr die Therapeutin gesagt. Eine Fotowand einrichten zum Beispiel, die Trauer in den Alltag integrieren. Immer und immer wieder erzählte sie den anderen ihre Geschichte und hörte sich deren Geschichten an. Nie hätte sie gedacht, dass sie sich vor Fremden derart würde öffnen können. Aber sie waren ja keine Fremden: Auch sie hatten ein Kind verloren.

Eines aber unterschied sie von den anderen: die Schuld, die sie Martin an dem Unglück gab. Darüber konnte sie mit niemandem sprechen. Wie hatte er nur zulassen können, dass sich diese Wahnsinnige dem Kinderwagen näherte, ja Philipp sogar angreifen durfte? Wieso hatte er den Angriff nicht verhindert? Der Gedanke, dass diese Frau ihr Kind zuletzt berührt hatte, war ihr unerträglich. Sie konnte sich nicht vorstellen, dass Martin ihr Philipp in den Arm gegeben hatte. Sicher hatte Klara ihn aus dem Kinderwagen gerissen und Martin versuchte, die Verrückte zu schützen. Aber warum nur?

Wie hatte er mit dem Kinderwagen überhaupt so nahe ans Wasser gehen können? Es war unverantwortlich gewesen, Philipp einer derartigen Gefahr auszusetzen. Unverantwortlich, ihn überhaupt zu dem Spaziergang mitzunehmen. Aber sie selbst war es ja gewesen, die die MRT nicht abgesagt hatte, die, als ihr Heidemarie so kurzfristig ausfiel, Martin anrief und sagte: „Nimm ihn doch einfach mit."

Er hatte Bedenken gehabt, die sie in ihrem Optimismus auszuräumen wusste.

„Ich will in Ruhe mit ihr reden können", hatte er gesagt.

„Er wird schlafen", hatte sie gesagt. „Um die Zeit schläft er immer."

„Und wenn er aufwacht?", hatte er gesagt.

„Gibst du ihm den Schnuller. Sonst stille ich auch nicht öfter als alle drei Stunden. Er wird keinen Hunger haben. Er ist so ein liebes Kind."

Nicht eine Sekunde hatte sie daran gedacht, dass Klara aggressiv werden könnte. Die Geschichte mit Martin und dem Messer war ein Unfall gewesen. Er hatte ihr alles genau erzählt. Und Philipp, er war ein Engel, den man einfach liebhaben musste. Sie hatte gehofft, das Kind würde Klara milde stimmen. Die Mutter in ihr ansprechen. Sie waren doch beide Mütter.

Vorbei! Es war ihre Schuld. Ihre eigene Schuld und Martins Schuld und die Schuld dieser Furie, die mit Körperverletzung mit Todesfolge davongekommen war. Im „Affekt"! Dabei hatte sie die Tat sicher geplant, hatte nur auf eine Gelegenheit gelauert, Martin zu diesem Spaziergang überredet und an den Steg gelockt. Aber Klaras Therapeutin hatte ausgesagt, dass die Idee von ihr stamme. Nichts habe auf aggressive Absichten hingedeutet. Dieses Miststück. Sie wurde ja auch von Klara bezahlt.

Ihre eigene Therapeutin war seriös. Auch sie fand die Idee gut, ein Grab für Philipp zu errichten. „Der Tod", so hatte sie gesagt, „ist in unserer Gesellschaft viel zu wenig präsent. Rituale, wie jenes der Aufbahrung, sind fast gänzlich verschwunden. So wird es immer schwieriger, sich konkret mit ihm auseinanderzusetzen und von unseren Angehörigen Abschied zu nehmen." Aber hätte sie es geschafft, Philipp so zu sehen? Wie sieht eine Wasserleiche aus? Sie schreckte davor zurück, sich mit solchen Bildern zu belasten. So hätte sie Philipp nicht in Erinnerung behalten können. Vielleicht war es gut, dass er nie gefunden worden war. Andererseits blieb sein Tod immer abstrakt für sie. Was würde er jetzt schon können?, dachte sie manchmal. Mit zwölf Monaten die ersten Schritte auf sie zu machen, mit vierzehn Monaten den Stift greifen und ein Bild für sie malen? Und jetzt? Jeden Stock mit nach Hause schleppen, die Kekse aus der Einkaufstasche kramen, Mama sagen. Es war ihr unmöglich, die Freundinnen zu treffen, deren Kinder Fortschritte machten, lachten, weinten und lebten. Am schlimmsten war es, wenn sie glaubte, ihn auf der Straße zu erkennen. Der Kleine da auf dem Laufrad, das könnte er sein. Wurde sie selbst jetzt schon wahnsinnig?

Ein Grab würde sie beruhigen. Ein Grab mit seinem Namen darauf und dem Geburts- und Sterbedatum. Dann hatte sie es schriftlich. Und könnte täglich hingehen und dort weinen und nicht im Aufzug oder beim Bäcker, wie es ihr immer wieder passierte. Sie betrat den Laden, warf einen Blick in die Vitrine und sagte: „Zwei Croissants und einen Streuselkuchen." Mitten im Satz schossen ihr die Tränen in die Augen und sie lief auf die Straße, ohne die Sachen von der verdutzten Verkäuferin entgegenzunehmen.

Es gab in Berlin nur einen Ort, wo das ging: ein Grab ohne Leiche. Den alten St.-Matthäus-Kirchhof. Wo unter lichten Ulmen Gräber lagen für ungeborene Kinder und solche wie Philipp. Sie war schon einmal dort gewesen mit einer Freundin. Vom Eingang an der Großgörschenstraße stieg das Gelände sanft an. Auf der einen Seite rumpelte die S-Bahn vorbei, gegenüber reichten die Mietskasernen bis an die Friedhofsmauer. Der Ort war selbst im Sommer kühl und wurde von den Bewohnern des Kiez auch als Park genützt. Sie saßen im Café Finovo oder auf einer der grünen Bänke, gleich neben dem „Garten der Sternenkinder", wo Eltern ihre Stillgeburten begraben durften. Das gefiel ihr. Vielleicht würde sie, gab es erst einen Stein dort, vor den sie treten konnte, Martin verzeihen können – und sich selbst.

Christina

„Bei deiner Mutter!", betonte Violenta.

„Christina lehnt sie strikt ab. Da hat Klara ganze Arbeit geleistet", sagte Martin. „Schau, es ist doch absurd. Da streite ich jahrelang um die elterliche Sorge und dann soll Christina nicht bei uns leben? Wieso sollte sie bei Pflegeeltern leben müssen, wenn ich mich endlich um sie kümmern kann? Das könnte ich nicht ertragen."

„Und was ich ertragen kann, fragst du mich nicht?", sagte Violenta.

Er setzte sich zu ihr aufs Sofa, sah sie schweigend an.

„Ich war auch verzweifelt. Aber es ist jetzt mehr als ein Jahr her. Wir werden wieder ein Kind haben."

„Nein, werden wir nicht."

„Du lebst nur in der Vergangenheit. Bitte versuch doch wenigstens ein bisschen Anteil zu nehmen an unserem Leben, wie es jetzt ist. Vielleicht siehst du dann auch wieder eine Zukunft."

„Eine Zukunft mit Christina oder was? Sicher nicht!"

„Es ist nur vorübergehend, bis Klara aus dem Gefängnis kommt."

„Bitte sprich ihren Namen nicht in meiner Gegenwart aus."

„Vio, es war ein Unfall mit Todesfolge. Es tut mir so schrecklich leid. Das Gericht hat alles ganz genau untersucht. Es bringt nichts, dass du sie so verteufelst. Das macht unser Kind auch nicht lebendig."

Sie weinte.

„Vielleicht ist das eine gute Idee: Sie wohnt bei meiner Mutter und ist stundenweise bei uns, damit ihr euch aneinander gewöhnt."

„Das ertrage ich nicht", sagte Vio. „Alles an ihr wird mich daran erinnern, dass – dass ihre Mutter –"

„Du hast sie nie gesehen", sagte Martin.

„Ich wünschte, ich wäre zu dem Prozess gegangen", sagte Violenta. „Warum habe ich auf dich gehört?"

„Du hast auf deine Therapeutin gehört", sagte Martin. „Die hat gesagt, es würde noch schlimmer, wenn du dich dem aussetzt. Aber noch viel schlimmer hätte es nicht werden können."

„Du bist grausam", sagte Vio.

„Nein, ich bin verzweifelt", sagte Martin.

Sie schwiegen. Er trat vor die Fotowand mit den Aufnahmen von Philipp. Das erste Bild noch im Krankenhaus. Vio im Bett, glücklich, Philipp auf ihrer Brust liegend, ganz winzig in dem hellblauen Krankenhausstrampler. Auch das Plastikarmband, das er gleich nach der Geburt ums Handgelenk bekommen hatte, war an die Fotowand gepinnt. Vio hatte es aufgehoben. Unglaublich, wie zart ein Handgelenk einmal gewesen war. Dann die erste Aufnahme von zu Hause, Philipp am Wickeltisch, Martin über ihn gebeugt, die Sonnenstrahlen, die durch die Jalousie fielen, malten Streifen auf ihn und das Baby. Daneben der erste Ausgang in den Park, Philipp in dem dunkelblauen Kinderwagen gar nicht zu sehen, der

Fokus auf Vios angestrengt konzentriertem Gesicht: Sie wirkte, als ginge sie auf Zehenspitzen. Darunter das erste Bild von ihnen allen dreien, Helga hatte es gemacht. Martin saß im Schneidersitz auf dem Teppich, Philipp auf dem Schoß, Vio daneben, den Arm auf Martins Schulter.

„Wir haben so viel getan. Einmal wöchentlich die Trauergruppe, das Grab für Philipp, deine Therapie, meine Therapie. Ich weiß nicht, was wir noch tun können", sagte er.

„Warten", sagte Violenta.

Der Stein

Der Gedanke war Violenta bei einem Spaziergang gekommen. Jetzt, wo sie nicht arbeitsfähig war, versuchte sie ihren Tag zu strukturieren, indem sie am Vormittag und am Nachmittag jeweils eine Stunde spazieren ging. Ihre Therapeutin hatte ihr dazu geraten: „Lux. Ich sage Ihnen: Lux. Man kann die Bedeutung des Tageslichtes für die Psyche gar nicht hoch genug einschätzen. Nützen Sie das Tageslicht! Gehen Sie. Sie müssen gehen."

Also ging sie. Obwohl es ihr noch immer manchmal schwerfiel, das Haus überhaupt zu verlassen. Sie waren umgezogen, hatten viele von den alten Möbeln verschenkt. Es wäre ihr unmöglich gewesen, in dem Bett zu schlafen, in dem Philipp sich zwischen sie gekuschelt hatte, wenn er nachts aufgewacht war. Unmöglich, an dem leeren Kinderzimmer vorbeizugehen, unmöglich, es zu betreten. Unmöglich, weiter in dem Wohnzimmer zu sitzen, in dem ihr die Todesnachricht überbracht worden war.

Jetzt wohnten sie an einem Park, in dem sie die immer gleichen Runden ging. Unter großen Platanen arbeiteten da an sonnigen Tagen auch jetzt im Frühling junge Menschen an ihren Skulpturen. Einer schabte schon seit Wochen aus einem brusthohen, gelblich-marmorierten Stein eine weibliche Figur, die zögerlich Gestalt annahm. Ein anderer hatte eine Art Ofen geformt, den er akribisch mit bunten Glassteinen verzierte. Ihr gefiel besonders ein Mädchen, das mit Hammer und Meißel auf einen weißen Stein eindrosch, der sie um Armeslänge überragte. Die Splitter flogen ihr nur so um den Gesichtsschutz, unter dem für einen Moment ihre Atemwolke stand. Das Steineklopfen musste sehr anstrengend sein.

Beim Anblick dieses Mädchens hatte sie auf einmal Lust bekommen, es ihm gleichzutun und ihre Wut, ihre Trauer und ihre Verzweiflung in einen Stein zu schlagen. Sie sah ihn schon vor sich: einen schwarzen Quader, brusthoch vielleicht und ganz mit Schrift bedeckt:

VATERVERRATVATERVERRAT
VERRATVATERVERRATVATER
VATERVERRATVATERVERRAT
VATERVERRATVATERVERRAT
VERRATVATERVERRATVATER

Sie wusste nicht, was es bedeutete, aber sie sah das Bild deutlich vor sich. Die Vorstellung, auf den Stein einzudreschen, die Buchstaben aus seiner Oberfläche zu schlagen, bereitete ihr die erste Freude seit langem.

Wo könnte man einen solchen Stein herbekommen? Wo das Werkzeug kaufen? Wie den Stein unter die Platanen schaffen? Und: Durfte überhaupt jeder an diesem Platz arbeiten oder war er Studenten vorbehalten, die vielleicht von der nahe gelegenen Universität der Künste herüberkamen? Sie selber war ja keine Künstlerin. Sie war nichts.

Wochenlang beschäftigte sie sich mit diesen Fragen, recherchierte im Netz und rief sogar eine Bekannte aus Studientagen an, die Malerei studiert hatte. Mit Bildhauerei konnte die ihr nicht weiterhelfen, bot ihr aber spontan einen Platz in ihrem Atelier an. Die Arbeit mit Steinen mache viel Dreck und Lärm, aber sie habe ein großes Souterrain in Wedding angemietet, Vio solle gern einmal vorbeikommen und es sich ansehen.

Sie fuhr nie hin. Auch die Studentin unter den Platanen sprach sie nie an. Es wäre ein Leichtes gewesen. Die jungen Leute kannten sie ja schon, weil sie jeden Tag vorbeikam, oft sogar zweimal. Sie nickten ihr zu, freuten sich, dass sich jemand für ihre Arbeit interessierte. Trotzdem war es, als trenne eine ganze Zeitzone Vio von den anderen. Sie, die mit Menschen auf der ganzen Welt problemlos in Kontakt getreten war, hatte Scheu, das Mädchen anzusprechen.

So formte sie den Stein nur in ihrem Kopf. Prüfte in Gedanken Oberflächen: Nein, glänzend durfte er nicht sein. Matt und grau wie unpolierter Granit. Oder porös wie Lavagestein. Sie studierte Fotobände über Vulkanausbrüche in Island, freute sich an den grafitfarbenen Lavafeldern. Auch schwarze Steine mit roten, erodierten Einsprengseln, die wie Adern den Stein durchzogen, gefielen ihr sehr. Sie träumte von Meteoriten, die nach tausendjährigen Reisen in Wüsten eingeschlagen waren. So fühlte sie sich.

Martin bemerkte die Bildbände und dass Violenta endlich wieder Interesse an etwas zeigte. Er bot ihr sofort an, mit ihr nach Island zu reisen. Sie waren schon einmal dort gewesen, damals in ihren Studientagen – vor seinem Leben mit Klara. Es hatte ihm sehr gefallen: die weißen Nächte, in denen es erst weit nach Mitternacht dunkler wurde. Das heißt, nicht eigentlich dunkel, nur dämmrig.

Sie waren mit einem Mietwagen um die Insel gefahren und wandern gegangen. Ohne Plan vom Auto weg in die grüne Weite losgelaufen über bemooste Lavafelder. Er erinnerte sich an den weichen, federnden Boden. Nach zwei, drei Stunden hatten sie sich irgendwo nackt in eine heiße Quelle gesetzt. Die Herausforderung war es, eine Stelle zu finden, an der man sich nicht verbrühte. Ideal war also der Zusammenfluss einer heißen mit einer kalten Quelle. Er erinnerte sich an ihr glückliches Gesicht in den Dampfwolken, die aus dem heißkalten Wasser aufstiegen.

Er war stolz, dass er das alte Fotoalbum wiederfand. Er hatte es jahrelang vor Klara versteckt und bei den immer neuen Umzügen in so viele verschiedene Kartons gesteckt, dass er selbst überrascht war, als er es in Händen hielt: Sie beide in Wanderschuhen und Shorts am Mývatn. Sie beide an einer Schneezunge am Snæfellsjökull.

Er erinnerte sich, dass er Vio zuvor „Die Reise zum Mittelpunkt der Erde" gekauft hatte und wie er ihr abends im Zelt lange daraus vorlas. Die Taschenlampe hatten sie umsonst mitgenommen. Es wurde ja nicht finster. Die ständige Helligkeit veränderte ihr Zeitgefühl, die Tage waren endlos. Sie hatten einander und sie hatten ewig Zeit. Später, am Ende der Reise, sie beide mit einer Riesenportion Fish and Chips im Hafen von Reykjavík.

„Weißt du noch?", fragte er sie.

Sie nickte. Aber sie freute sich nicht. Und sie wollte nicht wieder nach Island fahren.

Zooarchäologie

Sie wusste nicht, wie Martin sie überredet hatte. Eigentlich hatte er sie gar nicht überredet. Anfangs hatte er sie immer wieder bedrängt: „Warum willst du sie nicht sehen? Wenigstens für ein paar Stunden? Wir könnten zusammen ein Eis essen." Dann hatte er aufgegeben und das Thema Christina nicht mehr angesprochen. Aber irgendetwas in ihr war gereift. Und jetzt wohnte das Mädchen bei ihnen.

Sie war zart für ihr Alter. Mehr noch ein Kind als eine junge Frau. Sie hatte die gleichen brünetten Haare wie ihr Vater und auch seine braunen Augen. Zum Glück sah sie Martin so ähnlich. Das machte es Violenta leichter. Zuerst war sie nur einmal mit den beiden bummeln gegangen. Christina war sehr schüchtern, Martin polternd und überlaut wie sein Vater, um das Schweigen zwischen den beiden zu übertönen. Zu Violentas großer Überraschung war ihr Christina sympathisch.

Aus der nervigen Zehnjährigen, die sie vor dem Unglück ein paar Mal getroffen hatte, war ein blasser Teenager geworden. Sie forderte nichts. Ruhte auf eigenartige Weise in sich, immer ein wenig abwesend, freundlich, gut erzogen. Violenta fragte sich, ob sie anders war, wenn sie allein mit Martin Zeit verbrachte, aber er sagte: „Nein. Sie ist immer so ruhig."

Violenta sprach auch mit Helga. Die bestätigte ihr, wie unkompliziert Christina geworden sei. „Zuerst hat sie sich ja geweigert, mich zu treffen. Aber mir kommt vor, dass durch Klaras Gefängnisaufenthalt auch ihr schlechter Einfluss auf das Kind bald nicht mehr gewirkt hat. Sie war es, die die Kleine gegen uns aufgehetzt hat. Ich durfte Chrissi auch von einem Tag auf den anderen nicht mehr sehen, weil ich angeblich so böse war. Dabei hatten wir einen guten Draht zueinander. Zum Babysitten war ich immer da, als sie klein war."

Violenta mochte ihre Schwiegermutter sehr. Obwohl sie nicht mit Martin verheiratet war, nannte sie sie so. Martin war ja noch immer mit Christinas Mutter verheiratet, an Scheidung war nicht zu denken. Das würde alles noch komplizierter machen mit der elterlichen Sorge.

Helga hatte ihr bei der Umstellung geholfen. Aus ein paar Stunden mit Christina waren Halbtage geworden, dann Ganztagesausflüge zu Ausstellungen oder in den Zoo. „Weißt du noch?", sagte Christina da zu Violenta, „da hast du mir einmal einen Panda gekauft." Sie überlegte, Biologin zu werden, oder eigentlich Zoologin oder noch besser Zooarchäologin. „Da untersucht man bei Ausgrabungen die Tierknochen und bestimmt dann, welches Tier das war und wann es gelebt hat."

„Wo das Kind das bloß alles her hat?", sagte Violenta abends zu Martin. Und: „Wenn du das noch immer willst, kann sie bei uns wohnen. Einmal probeweise, meine ich." Jetzt war sie froh, dass Martin beim Umzug drauf bestanden hatte, eine Wohnung mit einem extra „Arbeitszimmer" für sich anzumieten. Ihr war klar gewesen, dass er es nicht wagte, das Wort Kinderzimmer in ihrer Gegenwart auszusprechen. Ob er insgeheim damit gerechnet hatte, dass sie ihre Meinung bezüglich Christina änderte, oder auf ein weiteres gemeinsames Kind gehofft hatte, sie wusste es nicht.

Das Mädchen tat ihr gut. Sogar das Zucken ihres rechten Augenlides war verschwunden. In den ersten Monaten nach dem Unglück hatte sie sowieso nicht in den Spiegel gesehen, aber dann war ihr aufgefallen, dass ihr rechtes Augenlid zuckte. Sie spürte das Zucken nicht, konnte es nicht willkürlich ansteuern oder verhindern wie ein Augenzwinkern. Es war ein Zucken und manchmal war es da – manchmal verschwand es. Zuckte das Augenlid ein paar Tage nicht, schöpfte sie Hoffnung. Aber dann wachte sie auf und es war wieder da.

„Mach dir keine Sorgen", sagte Martin, „das fällt niemandem auf außer dir. Es fällt ja nicht einmal mir auf." „Magnesiummangel", sagte ihre Hausärztin und verschrieb ihr Tabletten, die nichts halfen. „Das ist der Stress", sagte ihre Therapeutin. „Das legt sich wieder." Aber es legte sich nicht. „Sag mir ehrlich", sagte sie zu Helga, „sieht man, dass mein Augenlid zuckt?" Die sagte: „Ja."

Seit Christina bei ihnen wohnte, war das Zucken weg. Es war ihr zuerst nicht aufgefallen, weil sie so mit dem Einrichten des Zimmers beschäftigt war. Zu Beginn hatte Chris auf dem aufgeklappten Sofa in Martins „Arbeitszimmer" geschlafen. Aber schon nach einer Woche sagte er: „Das ist doch kein Zustand, dass das Kind kein ordentliches Bett hat. Gerade im Wachstum ist ein gutes Bett total wichtig. Sie wächst ja so viel und soll sich ordentlich ausstrecken können. – Das ist dir doch recht, Vio, Schatz?"

Natürlich war es ihr recht und schließlich war auch sie es, die mit Chris durch die Seiten der Möbelhäuser surfte, auch den weißen Kleiderschrank mit der dazu passenden Kommode aussuchte und die gelben Kissen und Überwürfe. Christina liebte Gelb. Ein Schreibtisch war ja schon da, nur einen besseren Stuhl brauchte sie noch für das viele Sitzen an den Hausaufgaben. Sie einigten sich auf einen roten Freischwinger. Vio saß oft mit Chris am Tisch, um zu lernen. Während Martin mit seiner Tochter schnell ins Streiten geriet, wenn es um die Schulsachen ging, hatte Vio mehr Geduld. Oder konnte besser erklären.

In Bio war Chris sehr gut, nur in Deutsch und Englisch haperte es. Das Kind hatte eindeutig kein Sprachtalent, geriet nach ihren Eltern, dem Arzt und der Molekularbiologin. Vios American English verstand Christina erst nicht, aber dann schauten sie gemeinsam englischsprachige Filme und Serien, am liebsten „How I Met Your Mother", erst mit, dann ohne Untertitel.

Christina spielte Vio am Handy ihre Lieblingssongs vor und sie versuchten, sie zu übersetzen. Bei Hip-Hop-Nummern war der Slang so stark, dass sie manche Stellen wieder und wieder anhören mussten.

Immer wenn Chris versuchte, den Akzent nachzuma-
chen, brachte sie Vio zum Lachen. Grammatik lern-
te sie weniger gern, aber auch da blieb Vio dran. Am
Ende des Schuljahres hatte Chris eine Zwei.

Ein Glas Wasser

Alles fühlte sich gut und richtig an. Dann überraschte sie dieses schreckliche Erlebnis in der Küche. Sie spülte die Weingläser. Die guten, die, die man nicht in die Spülmaschine geben soll. Sie hatte ewig keinen Alkohol getrunken. Zuerst wegen der Beruhigungsmittel und dann, weil es nichts gab, worauf man anstoßen hätte können. Es gab nichts zu feiern. Und dann hatte Martin ganz ohne Anlass eine Flasche Wein nach Hause gebracht und sie fast schüchtern gefragt, ob sie nicht ein Glas zum Abendessen trinken wolle. Und sie wollte. Und es schmeckte ihr. Und noch beim Spülen der Gläser hatte sie sich gefreut über den Abend mit Martin und Christina.

„Kann ich ein Glas Wasser, Vio?", sagte die.

Nur einen Moment lang hatte sie die Bilder im Kopf, sich dann mit einem Ruck in die Gegenwart, in die Normalität dieser Küche zurückgeholt.

Sie sprach mit niemandem darüber – auch nicht mit ihrer Therapeutin. Zu sehr hatte sie die Gewalt ihrer Fantasie erschreckt. Sie mochte Christina. Und sie mochte ihr Leben mit ihr und Martin. Endlich ging es ihr besser. Die Gewaltfantasien waren ihr ein Rätsel. Aber sie kamen wieder.

Das nächste Mal, als sie mit Martin und Christina Helgas Geburtstag feierten. Martin hatte seine Mutter in den *Adler* ausgeführt, alles war wunderbar, das Essen, die Beleuchtung, die Stimmung. Sie hatten Pfeffersteak bestellt, die Spezialität des Hauses.

Der Kellner hatte es heiß und medium auf den Tisch gebracht, genau so, wie es Vio am liebsten mochte. Trotz der rustikalen Einrichtung, eigentlich gar nicht ihr Stil, ging sie gern in dieses Lokal. Es strahlte eine entspannte Behaglichkeit aus, der Service war aufmerksam, aber nicht aufdringlich. Und auf einmal, nach dem dritten Bissen, wieder diese Bilder. Sie war bleich geworden, vom Tisch aufgestanden und auf die Toilette verschwunden.

„Was ist mit dir?", fragte Martin sie, als sie wiederkam.

„Nichts", sagte sie und setzte sich.

Violentas Recherche

Ino war nicht die Richtige für sie. Nicht die Kinder aus erster Ehe tötete die Gattin des Athamas im Wahn: Ihren eigenen Sohn warf sie in einen Kessel mit siedendem Wasser. Als sie wieder bei Sinnen war, stürzte sie sich aus Verzweiflung mit der Leiche des Sohnes in den Armen vom Molurischen Felsen ins Meer. Das war aber nicht ihr Ende: Sie wurde als Leukothea vergöttlicht, ihr Sohn zum schützenden Hafengott Palaimon. Eine Wandlung, die Normalsterblichen verwehrt blieb.

Die Geschichte war voller Kindsmörderinnen, die die Literatur in immer neue Formen gebracht hatte. Aber keine passte. Goethes Gretchen, eine Mörderin aus Scham, Ino, von Hera mit Wahnsinn geschlagen, hier ging es nicht um Rache. Violenta verlor sich in ihren Recherchen, immer darauf bedacht, nicht von Martin erwischt zu werden.

„Was? Du liest Anouilh im Original?", fragte der sie, als sie das Buch einmal beim Sofa liegen gelassen hatte.

„Ja, ich will mein Französisch aufbessern, damit ich Chris helfen kann", sagte sie.

Das wertete er als gutes Zeichen. Endlich zeigte sie wieder Interesse an ihrer Umgebung, war tagsüber unterwegs und hatte sich den Ausweis der städtischen Bücherei besorgt.

Anouilhs Medea fand sie am spannendsten. Anders als bei Grillparzer, so dachte sie, ging es nicht nur um

Jasons Verrat und den Streit um die Kinder, sondern grundsätzlich um die Frage: Kann man die Vergangenheit vergessen? Diese Frage, so bemerkte sie über die vielen Wochen ihrer Lektüre hinweg, beschäftigte sie mehr als der Kindsmord im Affekt, wie ihn Hans Henny Jahnn beschrieb. War das Vergessen die Voraussetzung für das Verzeihen? Oder umgekehrt, das Erinnern?

Wollte sie denn überhaupt verzeihen? Sie hatte gedacht, dass sie an Philipps Grab zur Ruhe kommen könnte, aber sooft sie hinging und unter den Ulmen im Schatten saß, war da nicht Friede, sondern im besten Fall Leere. Schon wenn sie für ein paar Minuten ihre Gedanken beiseiteschieben konnte, war sie erleichtert. Es war wie mit dem Stein: Auch wenn sie an der Oberfläche in die Normalität zurückgekehrt war, gab es Einschlüsse in ihr, eher gelb als rot, Galle.

„Medea, hast du das Stück gelesen?", sagte sie zu Anna, die wie sie oft auf einer Bank am „Garten der Sternenkinder" saß. Sie hatten sich die ersten Male schweigend zugenickt, waren dann ins Gespräch gekommen. Anna hatte eine Tochter, die war jetzt acht, und vier weitere Kinder in unterschiedlichen Stadien der Schwangerschaft verloren. Sie litt sehr darunter, dass ihr gesagt wurde: „Was hast du? Du hast doch ein gesundes Kind. Sei doch dankbar!" So deutlich sagte das nicht oft jemand, aber sie wusste, dass die meisten Menschen in ihrem Umfeld so dachten.

„Was liest du?", hatte sie Vio gefragt. Sie war überrascht, dass Violenta gleich lossprudelte.

„Die mordet nicht aus Scham aufgrund einer ungewollten Schwangerschaft in einer Gesellschaft, in der das tabu ist, nicht aus moralischen Gründen, sondern aus ganz und gar unmoralischen: Rache, Vergeltung, Aggression. Ich verstehe Medea immer besser."

Anna war perplex. „Wie meinst du das?"

Aber Violenta war schon weiter, hörte ihr nicht zu: „Es ist eines, das eigene Kind zu töten. Das wird in der Literatur heroisch überhöht. Aber das Kind einer anderen?"

Anna überlegte. Das ging ihr zu schnell. „Welches Kind?", fragte sie. „Medea tötet doch ihre eigenen Kinder."

„Ja, aber verstehst du nicht? Weiter gedacht – das Kind der zweiten Frau. So, als tötete Medea die Kinder von Glauke, nicht ihre eigenen. Das ist ein niedriger Instinkt und verwerflich. Das ist ekelhaft."

Anna sah, wie sehr sich Violenta quälte. Sie wollte sie trösten, aber sie wusste nicht wie. Wovon sie sprach, war ihr ein Rätsel. Sie erinnerte sich genau. Dass es keine Totgeburt gewesen war, sondern ein Baby, dessen Leiche nie gefunden wurde. Wie war der Name des Kindes gewesen? – Sie musste bei nächster Gelegenheit auf dem Stein nachsehen. In dieser Situation zu fragen, ging nicht. Also legte sie Violenta die Hand auf die Schulter. Als diese sich an sie lehnte, umarmte sie die Frau und machte „sch sch", ein leises Summen, so lange, bis sie aufhörte zu weinen.

Aber die Tötungsfantasien blieben. Violenta führte Aufzeichnungen darüber, wann sie auftauchten. Zu

Hause, im Restaurant, es ergab kein Muster. Auch nachts war sie nicht sicher: Eine Eisfläche, auf die sie trat. Das leichte Nachgeben unter ihren Füßen. Es taute. Sie wusste, sie musste hinaus aufs Eis, um ihr Kind zu retten. Es war eilig, aber sie konnte die Füße nicht heben, der Schnee war Zuckerwatte und sponn sie ein, bis sie wild mit den Armen um sich schlug und eine Wut sie packte, die umschlug in Panik: Sie musste das Kind finden unter der Eisdecke, aber sie konnte nichts erkennen, rutschte auf allen vieren.

Da, das Eis plötzlich klar und darunter die langsam treibende Gestalt: Christina. Und sie wusste: Sie war es gewesen. Und sie rannte davon und wachte auf. Wankte verschwitzt ins Badezimmer und spritzte sich kaltes Wasser ins Gesicht. Über das Waschbecken gebeugt, in dem ein einzelnes, langes Haar sich im Strudel des Abflusses verfing, war ihr klar: Wasser – und sei es nur ein Glas –, sie musste es meiden.

Die Entscheidung

„Warum gehst du nicht mit ins Waldbad? Biitteee!" Chris umarmte sie von hinten und hängte sich an ihre Schultern.

„Nein, ich mag nicht. Geh nur mit deinem Vater", sagte sie. Dabei wäre sie gerne ins Waldbad mitgegangen. Es erinnerte sie an eine glückliche Zeit.

Es tat ihr leid, dass sie die Augenblicke damals nicht mehr genossen hatte. Die Zeit mit Martin – und die Zeit mit Philipp. Wie oft hatten sie darüber verhandelt, wer dran war, das Baby zu wickeln. „Ich muss doch stillen, da kannst du wenigstens wickeln", hatte sie zu Martin gesagt. „Aber er ist doch gerade wieder eingeschlafen", flüsterte Martin. Sie, lauter: „Willst du ihn in seiner Kacke liegen lassen?" Er: „Aber ich muss in einer halben Stunde sowieso aufstehen zum Dienst. Eine halbe Stunde hält ein Babypopo aus." Darauf sie: „Und ich schmiere dann tagelang mit Wundcreme und höre mir das Geschrei an."

Freunde von ihnen, so fiel ihr jetzt ein, lösten die Wickelfrage, indem sie „Schere, Stein, Papier" spielten. Musste das Baby gewickelt werden: Schere, Stein, Papier. Der Verlierer war mit Wickeln dran, egal, wer zuletzt gewickelt hatte. Anfangs kam ihr das System doof vor, aber dann leuchtete es ihr ein: Auch, wenn es manchmal unfair schien und eine Person wieder und wieder drankam – es entstand kein Groll auf den Partner. Schuld war ja der Zufall. Warum war ihnen das nicht früher eingefallen? Sie hätten sich viele Diskussionen erspart.

Sie rechnete ihre Arbeit gegen seine auf. Zehn Stunden Arbeit in der Klinik gegen zehn Stunden Arbeit im Haushalt mit einem Baby. Oft zählte sie die Minuten, bis er endlich vom Dienst kam. Völlig erschöpft drückte sie ihm Philipp schon an der Tür in den Arm: „Jetzt bist du dran." Noch bevor er den Mantel abgelegt hatte.

Sie hatte dann schon längst gegessen, meist alle Reste der Babybreichen, die sie mit großem Ehrgeiz herstellte: Karotte-Kartoffel, aber mit einem Schuss Olivenöl. Oder Brokkoli-Topinambur. Philipp schmeckte der Brei meist trotzdem nicht, und am Ende löffelte sie ihn aus der Plastikschüssel. Sie hatte bereits drei Kilo zugenommen. Kaum war Martin zu Hause, sank sie ins Bett. Sollte er sich doch selbst etwas kochen. Jetzt weinte sie um jede Minute, die sie nicht zusammen mit ihrem Kind verbracht hatten.

Gewiss, er war ein emanzipierter Mann. Er kochte nicht nur, er wusch auch ab. Und er ging einkaufen. Trotzdem blieb ein Großteil der Hausarbeit an ihr hängen. Sie wischte den Brei vom Küchenboden, sie wusch die Wäsche, sie ging mit Philipp zum Kinderarzt, kaufte seine Kleidung, wusste, was ihm passte und woraus er herausgewachsen war: „Warum ziehst du ihm den Body mit den Bären an? Der ist doch längst viel zu klein!" Manchmal überkam sie eine große Wut: Sie hatte alles aufgegeben für Martin und das Kind. Ihre Reisen, ihren Job, ihre Unabhängigkeit.

Warum hatte nicht er seine Arbeitsstunden reduziert, wenn er so emanzipiert war? Aber Teilzeit als Oberarzt, wie sie sich das vorstelle? Natürlich könne auch sie arbeiten gehen. So war er sozialisiert. Aber die Betreuungsplätze für die ganz kleinen Kinder, die waren Mangelware: „Du, das ist zwar Berlin, aber die DDR, die gibt es nicht mehr!", hatte sie ihn angeschrien.

Ein Au-pair-Mädchen wollte sie nicht und Martin auch nicht. „Sonst gewöhnt er sich zu sehr an die", hatte er zu ihr gesagt. Sie fasste es kaum, dass sie den Platz in der Kita ergatterte. Gleich drei Straßen weiter und mit Garten, so ein Glück! Schon ab einem Jahr nahmen die die Kinder, aber super Betreuungsschlüssel, privat eben und sehr teuer. Trotzdem ewig lange Warteliste. Sie hatte es nicht übers Herz gebracht, dort anzurufen, als sie den Platz nicht mehr brauchten. Martin hatte eine Mail geschrieben.

So wenig Zeit war ihnen geblieben. Nicht einmal ein ganzes Jahr. Nur ein einziger Sommer mit Philipp. Sie richtete sich auf. Sie wollte ins Waldbad, aber sie schaffte es nicht. Zu groß war ihre Angst. Sie bemerkte, dass sie Christina immer mehr aus dem Weg ging. Auch der Kleinen war das schon aufgefallen. Wie sollte sie dem Mädchen ihre Gefühle erklären? Auch mit Martin konnte sie nicht darüber sprechen. Er freute sich so, dass sie fast eine Familie waren. Aber sie wusste: Christina musste weg. Zu ihrer eigenen Sicherheit.

Amerika

„Ein Jahr in den USA würde ihrem Englisch wirklich gut tun", sagte sie zu Martin. „Meine Eltern sind alt, aber sie haben viele Freunde dort an der Ostküste. Seit sie in Rente sind, pflegen sie auch ihre Freundschaften wieder, Dad ist bei den Rotariern. Es ist gar kein Problem, einen Platz für Chris zu finden."

„Aber warum denn Amerika auf einmal?", sagte Martin. „Sie hat eine Zwei in Englisch."

„Ja, aber nur weil ich mit ihr gelernt habe. Und ihre Aussprache ist katastrophal. Ohne perfektes Englisch geht heute gar nichts mehr, wenn sie nur einen halbwegs vernünftigen Job bekommen will."

Er schwieg. Dann sagte er trotzig: „Das Kind ist vierzehn."

„Ja, und im nächsten Schuljahr fünfzehn", sagte Violenta, „das perfekte Alter, um Auslandserfahrung zu sammeln. Es wird ein Spaß für sie. Du wirst sehen, sie wird es lieben."

„Vio, ich will nicht, dass sie weggeht. Ich will sie bei mir haben. Es tut ihr gut, mit uns zu sein. Ich verstehe gar nicht, was du hast. Du hast sie doch liebgewonnen. Und jetzt willst du sie auf einmal wegschicken?"

„Es ist doch nur für ein Jahr."

„Ein Jahr ist lang."

„Dort wäre sie ein unbeschriebenes Blatt, ein unbeschwerter Teenager. Muss nicht immer daran denken, dass ..."

„Sie denkt nicht immer daran."

„Kannst du in sie reinsehen?"

„Am Anfang, ja, da war sie ganz verschlossen. Aber jetzt wirkt sie doch unbeschwert."

„Nicht, wenn sie im Gefängnis war."

„Wir haben mehrmals besprochen, dass das Jugendamt den Kontakt zur Mutter empfohlen hat. Einmal monatlich."

„Ja, und danach ist sie völlig fertig und braucht wieder eine Woche, bis sie sich normalisiert."

„Und du glaubst, verdrängen wäre besser? Einfach das Kind weit wegschicken, am besten auf einen anderen Kontinent, und alles ist gut?"

„Nein. Aber da lernt sie neue Leute kennen. Kann sich selbst definieren. Wird sich vielleicht zum ersten Mal verlieben."

„So ein Unsinn, Vio. Das klingt ja so, als ob du dir wünschst, dass sie gleich in den USA bleibt. Vielleicht eine Kinderhochzeit? Sie ist fünfzehn nächstes Jahr."

„Du verdrehst mir das Wort im Mund. Ich wünsche ihr – ich wünsche ihr das Beste."

„Dann bleibt sie hier bei uns."

„Martin, ich kann nicht."

„Es ist nur ein Jahr. Es ist nur ein Jahr, dann kommt Klara aus dem Gefängnis. Da werden die Karten neu gemischt."

„Die Karten", sagte Violenta. „Du tust, als wäre das hier ein Spiel.

In der Kirche

Sie war nicht religiös und doch hatte sie sich dabei ertappt, dass sie immer wieder zur Apostel-Paulus-Kirche hinübersah, wenn sie aus der Akazienstraße bog. Dabei fand sie den neugotischen Klotz nicht einmal schön. Es war der Gedanke an Vergebung. Eine Beichte, so viel wusste sie, gab es nicht in einer evangelischen Kirche. Zu ihrer Überraschung war die Kirche unversperrt. Sie betrat den hohen, kühlen Raum. Die vollen Einkaufstaschen stellte sie vor sich in die Bank. Niemand sonst war da.

Die kalte Luft war ihr angenehm und die Leere, aber nachdem sie minutenlang in Richtung Altar gestarrt hatte, war ihr klar, dass dies der falsche Ort war für sie. Hier würde sie kein Verzeihen finden, zu fremd waren ihr die Gebräuche, die sie mit dem Gekreuzigten verband. Ihre Eltern waren nicht religiös. Sie war als Kind nie in der Kirche gewesen, was sollte sie als erwachsene Frau hier? So viel aber war ihr bewusst geworden: Wenn sie nicht ins Reine kam mit sich selbst, war ihr Leben vergiftet für immer.

Die Gewaltfantasien hörten nicht auf, sie wurden schlimmer. Sie quälten sie beinahe täglich, nachts, aber immer öfter auch tagsüber. Sie schämte sich so, dass sie mit niemandem darüber sprechen konnte: nicht mit Martin, nicht in ihrer Trauergruppe und nicht einmal mit ihrer Therapeutin.

Sie überlegte, eine Kerze anzuzünden, ließ es bleiben. Es gab hier keine Kerzen, wahrscheinlich ein katholischer Brauch. Sie wusste nicht, welchen Heiligen sie hätte anrufen sollen. Gab es einen Schutzpatron der Rachsüchtigen? Sie nahm ihre Einkaufstaschen und ging. Erst als sie die schwere Eichentüre hinter sich ins Schloss fallen hörte, wusste sie, wo sie hinmusste, um ihren Frieden zu finden.

Schnee

Sie schob ihren Personalausweis und den Besuchsschein unter der Panzerglasscheibe durch. Die Beamtin musterte das Bild, behielt den Besuchsschein
und gab ihr den Personalausweis zurück. Eine Wache
schloss ihr auf das Nicken der Frau hin die Türe auf
und begleitete sie in den Keller. Dort wurde sie von
einer Angestellten auf mitgebrachte Gegenstände untersucht.

Sie musste die Schuhe ausziehen, wurde am ganzen Körper abgetastet und aufgefordert, sich nach
vorne zu beugen: „Am Hinterkopf unter den langen
Haaren, das ist ein beliebtes Versteck", erklärte ihr die
Frau. Ihre Handtasche wurde ihr abgenommen und in
ein Schließfach gesperrt.

Die Besuchszeit im geschlossenen Vollzug war
Dienstag und Freitag von siebzehn Uhr dreißig bis
neunzehn Uhr, Samstag und Sonntag von zehn bis
zwölf Uhr. Jede Gefangene in Strafhaft hatte An-
spruch auf eine Stunde Besuch im Monat. Eine halbe
Stunde vor Ende der Besuchszeit wurde man nicht
mehr vorgelassen. Violenta hatte sich informiert,
trotzdem war sie jetzt überwältigt. Von der Normalität, von der Routine der Beamtinnen, von den Hand-
griffen. Alles passierte völlig unaufgeregt, nur sie, sie
war so aufgeregt, dass sie ihr Herz spürte.

Die Gänge waren mit weinrotem Kunststoffbelag
ausgelegt, an den hellen Wänden hingen Bilder. „Die
Frauen dürfen ihre eigenen Sachen anbehalten, bei

uns sieht es ganz anders aus als in amerikanischen TV-Serien", erklärte ihr die Beamtin. „Die Gefangenen haben sogar Schlüssel zu ihren eigenen Zellen. Sie können gemeinsam zu Abend essen und werden nur über Nacht eingesperrt." Violenta nickte.

Die Beamtin brachte sie bis vor den Besuchsraum. „Gibt es Trennscheiben?", fragte Violenta. Auf einmal hatte sie Angst. Wie würde es sein, der Frau gegenüberzusitzen, die ihr Kind getötet hatte? Könnte sie sie mit bloßen Händen erwürgen, ihr den Kopf an den Haaren zurückreißen, ihr die Kehle zudrücken, bis sie nicht mehr atmete, wollte sie das?

„Trennscheiben gibt es nur bei Frauen mit Drogendelikten", sagte sie. Violenta würde Klara also direkt gegenübersitzen. Sie hätte sich eine Scheibe gewünscht. Sie bereute ihren Entschluss, hierherzukommen. Was hatte sie sich erhofft? Absolution? Klara hatte ihr nichts zu verzeihen. Sie, sie selbst musste ihr verzeihen. Was für eine verrückte Idee, dass Klara ihr weiterhelfen könnte. Sie musste umkehren.

„Na", sagte die Beamtin, „keine Zeit verlieren. Hier starten wir pünktlich und um sieben ist Schluss. Am Ende ist es dann allen zu kurz." Sie öffnete die Tür und Violenta konnte nicht mehr umdrehen. Sie trat ein.

Klara saß an dem Tisch und hatte die Hände gefaltet. Sie blickte ihr direkt ins Gesicht. Was Violenta schockierte, war, wie ähnlich sie ihr sah. Sie wirkte wie eine hellere Ausgabe ihrer selbst. Die gleichen gelockten Haare, blond statt braun, die Augen blau statt grünbraun. Aber der gleiche Typ: schlank, fast hager, und groß, sie hätte ihre ältere Schwester sein können. Hinter Vio fiel die Tür ins Schloss.

Sie hatte sich sehr genau überlegt, was sie als Erstes sagen würde, aber ihr Hirn war leer. Alles, was sie vorbereitet hatte, war weggewischt von Klaras Anblick. Also starrte sie auf die weiße Tischfläche und die Hände darauf. Die Knöchel traten weiß hervor, so fest presste sie die Finger aufeinander.

Wie konnte man jemanden begrüßen, den man hasste?

„Hallo." Und: „Du musst Klara sein."

Was für ein blöder Satz. Klara wusste ja, dass sie kommen würde. Hatte selbst den Besuchsschein beantragen müssen, den Tag angeben und die Stunde. Ohne Klaras Einverständnis hätte Vio nicht kommen können.

„Und du Violenta."

Sie lächelten einander an, aber vielleicht war es auch ein Zähnefletschen.

„Wie geht es dir?", fragte Violenta.

„Weißt du, im Knast fragt man: Wie lange noch?", sagte Klara. „Hundertvierundvierzig Tage."

Sie schwiegen eine Weile, dann sagte Klara: „Das Schlimmste ist die Lebendkontrolle."

„Die was?", fragte Vio.

„Abends wirst du in deiner Zelle eingeschlossen. Und um sechs Uhr morgens schließen sie wieder auf und du musst dich melden, ob du noch lebst. Wegen der vielen Selbstmorde. Dann schließen sie dich wieder ein bis neun. Diese drei Stunden sind die schlimmsten. Wenn man daran erinnert wurde, dass man lebt, und doch nicht raus kann."

„Nicht die Nacht?"

„Nein, nicht die Nacht. Die Nacht ist friedlich. Alles ist ruhig. Ich habe sogar einen Fernseher. Ich sehe die Nachrichten, aber ich verstehe sie nicht. Nichts ist von Bedeutung. Nur sie. Wie geht es ihr?"

„Es geht ihr gut. In Englisch hat sie jetzt eine Zwei."

„Ich weiß", sagte Klara.

„Ich mache mir Sorgen um sie", sagte Violenta.

„Das brauchst du nicht. Sie ist ein tapferes Mädchen", sagte Klara.

„Ich weiß", sagte Violenta. Und: „Danke, dass du sie mir anvertraut hast."

„Es war nicht meine Wahl", sagte Klara.

„Du hättest es verhindern können", sagte Violenta.

„Ich weiß nicht."

„Seltsam, dass du jetzt vor mir sitzt. Ich hasse dich gar nicht in diesem Moment. – Aber ich habe Angst, dass es wiederkommt."

„Ich weiß."

„Erzählst du mir, wie es war?", fragte Violenta.

„Am Steg?", fragte Klara.

„Ja."

Klara stand auf: „Es macht keinen Unterschied."

„Für mich doch. Verstehst du nicht, wie wichtig das für mich ist?"

„Doch."

„Dann erzähl es mir."

„Nein."

„Du musst! Du bist es mir schuldig!"

Violenta sprang auf, trat nahe an Klara heran.

„Setz dich, oder ich drücke die Klingel. Jetzt beruhige dich doch!"

Sie setzten sich wieder an den Tisch.

„Es war ein Unfall."

„Du hast es also nicht geplant? Du kannst es mir sagen. Ich werde es niemandem erzählen. Nie. Ich verspreche es. Du kannst für dieselbe Tat nicht zwei Mal verurteilt werden außerdem."

„Nein."

„Was?"

„Nicht geplant."

Klara schluckte. Begann zu weinen. „Lass mich doch in Ruhe. Bitte geh!"

„Kannst du dir vorstellen, was für eine Überwindung es war, hierherzukommen? Wie ich mich quäle? Wie mir die Galle das Leben verdirbt?"

„Ich bin von meinem Kind getrennt."

„Willst du mich verhöhnen? Ich bin für immer, für immer von meinem Kind getrennt! Du Mörderin, du gemeine!"

Sie holte aus zu einem Schlag, aber Klara fing mit ihrer Rechten Vios Hand ab, hielt sie zwischen ihren Handflächen.

„Hör auf damit, oder ich schick dich weg."

Violenta zog ihre Hand zurück.

„Willst du wirklich wissen, wie es war? Was erhoffst du dir davon?"

„Frieden. Ich will meine Ruhe haben. Ich will endlich zur Ruhe kommen. Ich entwickle schon die gleichen bösen, widerwärtigen Ideen wie du. Ich will sie umbringen, Christina, deswegen bin ich da."

Klara schwieg.

„Dann schick sie weg."

„Martin erlaubt das nicht. Er will sich nicht von ihr trennen. Er hat ewig um sie gekämpft, weil du – und jetzt."

„Es tut mir leid."

„Was?"

„Dass alles so gekommen ist."

„Und du glaubst, das macht es besser, dass es dir leid tut?"

„Es tut mir wirklich leid."

„Ist das eine Entschuldigung?"

„Ja, das heißt nein. Nicht so, wie du meinst."

„Wie meinst du?"

„Es tut mir leid, dass ich so verzweifelt war – und so verbiestert. Und dass ich euch schaden wollte. Ich wollte euer Glück verhindern."

„Und dass du Philipp, dass du mein Kind – das tut dir nicht leid?"

Klara sah sie lange an.

„Ich wollte Philipp nichts Böses. Das heißt: Gedanken hatte ich schon. Aber Gedanken sind das eine."

„Aber damals am Steg, da hattest du auf einmal die Gelegenheit."

„Ja."

„Und da hat dich eine Wut gepackt, die größer war als die Gedanken."

„Ja."

„Die größer war als alles, was du bisher erlebt hast, und mächtiger?"

„Ja. – Aber.

Er hat ihn mir in die Hand gedrückt, Martin."

„Ja, ich weiß."

„Aber ich habe ihn nicht geworfen."

Violenta wurde blass.

„Sag es mir. Du musst es mir sagen! Du lügst. Hör sofort auf zu lügen. Schweig! Ich will nichts mehr hören. Sei sofort ruhig, du Lügnerin."

Klara schwieg. Sie sahen einander lange ins Gesicht.

Dann sagte Klara: „Wenn jemand genauer geschaut hätte, hätte man es gesehen."

„Was meinst du?"

„Es hatte geschneit. Und da war eine Kinderwagenspur. Und viele Fußabdrücke. Bei näherer Betrachtung: Abdrücke von sechs Füßen. Aber es hat niemand geschaut, weil ich gleich gesagt habe: Ich war es."

„Wie sechs Füße?"

„Chris war dabei. Ich wusste, dass Martin mit Philipp kommen würde. Er hatte es mir gesagt. Also habe ich auch Chris mitgenommen. Sie wollte nicht und hat nur auf ihren Gameboy gestarrt die ganze Autofahrt lang."

Violenta sagte nichts.

„Es ist meine Schuld", sagte Klara, „ich habe das Kind aufgehetzt."

Violenta blieb sitzen. Sie hielt den Blick auf die Tischplatte gerichtet, auf der Klaras Hände lagen. Ihre kurzen, unlackierten Fingernägel hatten ausgeprägte Halbmonde. Violenta schloss die Augen. Ein Lied ging ihr durch den Kopf, aber sie wusste nicht, welches.

Als sie die Augen wieder öffnete, hatte Klara ihre Hände wieder umgedreht, mit den Innenflächen nach oben lagen sie da. Violenta sah die Narbe, die senkrecht von der Handwurzel bis zum zweiten Glied des Mittelfingers reichte. Sie war heller als der Rest der Haut und leicht erhaben. Dort, wo die Wunde genäht worden war, sah sie die Spur des Fadens als kurze Querstriche. Sie hatte Lust, die Narbe zu berühren, die Linie mit der Fingerkuppe nachzufahren.

Sie tat es nicht. Sie sahen einander noch einmal ins Gesicht. Dann wendete Violenta den Blick ab. Sie stand auf, drückte auf die Klingel und ging.

Danksagung

Ich danke meinem Freund Peter Fuchs, ohne den ich dieses Buch nicht hätte schreiben können. Er war und ist mein erster Leser.

Ich danke der Leondinger Akademie für Literatur, ihren Veranstaltern, den Vortragenden und vor allem meinen Kolleginnen und Kollegen: Ihre freundlichen und kritischen Fragen waren mir ein Ansporn weiterzumachen.

Ich danke Angelika Klammer für ihren klaren Blick auf dramaturgische und sprachliche Schwächen. Und für ihren Zuspruch.

Ich danke dem Autor Martin Prinz für seine Lektüre und sein Vorbild.

Ich danke dem Verlag und im Besonderen meiner Lektorin Dorothea Zanon.

Ich danke Frau Dr. Christina Beisse und Dr. Ralph Schernberger für ihre medizinische Expertise.

Ich danke meiner Mutter, meinem Mann und meinem Kind. Ich danke allen, die zum Gelingen dieser fiktiven Geschichte beigetragen haben.

Inhalt